U0615514

十四朝文學要略

劉永濟 著

貴州出版集團
貴州人民出版社

圖書在版編目（CIP）數據

十四朝文學要略 / 劉永濟著 . -- 貴陽 : 貴州人民出版社 , 2024. 9. -- ISBN 978-7-221-18617-1

Ⅰ . I209.2

中國國家版本館 CIP 數據核字第 2024NQ0906 號

十四朝文學要略

劉永濟　著

出 版 人　朱文迅
責任編輯　馮應清
裝幀設計　采薇閣
責任印製　衆信科技

出版發行　貴州出版集團　貴州人民出版社
地　　址　貴陽市觀山湖區中天會展城會展東路 SOHO 辦公區 A 座
印　　刷　三河市金兆印刷裝訂有限公司
版　　次　2024 年 9 月第 1 版
印　　次　2024 年 9 月第 1 次印刷
開　　本　710 毫米 ×1000 毫米 1/16
印　　張　17.5
字　　數　105 千字
書　　號　ISBN 978-7-221-18617-1
定　　價　88.00 元

出版説明

《近代學術著作叢刊》選取近代學人學術著作共九十種，編例如次：

一、本叢刊遴選之近代學人均屬于晚清民國時期，卒于一九一二年以後，一九七五年之前。

二、本叢刊遴選之近代學術著作涵蓋哲學、語言文字學、文學、史學、政治學、社會學、目録學、藝術學、法學、生物學、建築學、地理學等，在相關學術領域均具有代表性，在學術研究方法上體現了新舊交融的時代特色。

三、本叢刊遴選之近代學術著作的文獻形態包括傳統古籍與現代排印本，爲避免重新排印時出錯，本叢刊據原本原貌影印出版。原書字體字號、排版格式均未作大的改變，原書之序跋、附注皆予保留。

四、本叢刊爲每種著作編排現代目録，保留原書頁碼。

五、少數學術著作原書内容有些許破損之處，编者以不改變版本内容爲前提，稍加修補，難以修復之處保留原貌。

六、原版書中個別錯訛之處，皆照原樣影印，未作修改。

由于叢刊規模較大，不足之處，懇請讀者不吝指正。

十四朝文學要略　目録

青年文庫

劉永濟著

十四朝文學要略

中國文化服務社印行

十四朝文學要略目錄

十四朝文學要略

卷首　敘論

文學之有專史，徵之往籍，不少概見。其近似者，則有若仲治流別之儔，公曾敘錄之類，雖名高往代，而零落殆盡，千載而下，莫由尋討。其僅存者，厥惟彥和舍人文心雕龍，都五十篇，如精金美玉，稱文苑之鴻寶焉。然自蕭齊以下，至於遜清，世逾千祀，人盈百千，綜比撰述，闕焉無聞。雖國史方志之中，有儒林文苑之傳，又皆限於時地，局而弗通，不足以考見古人之全，闡發茲事之美。其餘詩話文談，率皆師友雅言，隨手紀錄，縱片言賞會，而條貫靡存，至有挾私誣衊，溢情頌美者。論其品格，又斯下矣。今代學制，仿自泰西，文學一科，輒立專史，大都雜撮陳篇，補苴瑣屑，其下焉者，且稗販異國之作，絕無心得之言，求其視通萬里，心契千載，網羅放失，董理舊聞，確然可信者，尚無其人。夷考其實，蓋由文之爲物，廣博精微，淹貫已艱，通識尤少，而時世悠久，名篇累萬，作者林立，體製盈百，眞賞實難，友尙匪易。又或墨守一家，則入主而出奴；研精一體，則是丹而非素；造詣未深、則買櫝而還珠；聞見未廣、則棄眞而賞濫。紛紜淆亂，何由折衷？是以古之君子，玄覽所得、莫不默契於寸心；鑽討既深、自能神遇於千古。是則文學史者，直輪扁所謂古人之糟粕已矣。嘗思學術之有史，非以期於天才特出之人，蓋將求教育普及之用。務令區區一卷之中，得收知人論世之效。使覽之者纚明條貫，略涉藩籬，深造者自可渡河棄筏，淺嘗者庶幾窺豹得斑而已。今茲有述，亦本斯旨，先撰敍論，發其旨趣。旨趣既明，然後纚述源流，別爲要略。但期不失當時之體，毋負古人之心云爾。

欲明旨趣先立四綱。

（一）曰名義　文之一名，涵義至廣。昔賢詮釋，約有六端：一者、經緯天地也。

尙書堯典：「欽明文思安安」。馬融注曰：「經緯天地之謂文，道德純備之謂思。」

又舜典：「濬哲文明。」孔穎達正義曰：「經緯天地曰文，照臨四方曰明。」

二者、國之禮法也。

禮記大傳：「考文章。」鄭玄注曰：「文章，禮法也。」孔穎達正義曰：「文章，國之禮法也。」

國語周語：「有不享則修文。」韋昭注曰：「文，典法也。」

三者、古之遺文也。

論語學而第一：「行有餘力，則以學文。」馬融注曰：「文者，古之遺文。」邢昺疏曰：「古之遺文者，則詩書禮樂易春秋六經是也。」

又雍也第六：「博學於文，約之以禮。」邢昺疏曰：「言君子若博學於先王之遺文，復用禮以自檢約。」

四者、文德也。

論語顏淵第十二：「曾子曰：君子以文會友。」孔安國注曰：「友以文德合。」

國語周語：「夫敬，文之恭也。」韋昭注曰：「文德之總名也。」

五者、華飾也。

論語雍也第六：「文質彬彬，然後君子。」皇侃疏曰：「文，華也。」

荀子禮論：「貴本之謂文。」楊倞注曰：「文謂修飾。」

莊子繕性：「文滅質，博溺心。」郭象注曰：「文博者，心質之飾也。」

禮記中庸：「不考文。」鄭玄注曰：「文，書名也。」孔穎達正義曰：「不得考成文章書籍之名也。」

六者、書名也，文辭也。

國語晉語：「吾不如衰之文也。」韋昭注曰：「文，文辭也，書名也。」

又楚語：「則文詠物以行之。」韋昭注曰：「文，文詞也。」

荀子非相：「文而致實。」楊倞注曰：「文謂辨說之詞也。」

綜上六端，文之涵義，可得而論矣。蓋文之訓，本於交逪，故有經緯之義焉；文之為物，又涵華采，故有修飾之說焉。以道德為經緯；用辭章相修飾、在國則為文明；在政則為禮法；在人則為文德；在書則為書辭；在口則為詞辨。五者大小不同，體用無二，所以彌綸萬品，條貫羣生者，胥此物也。故彥和稱文之為德，與天地並生，亦言其圍範之廣而已。今茲討論，若本斯旨，則舉凡天文地理，物曲人官，胥應涵蓋無遺，迨論體例太寬，亦非理勢所許。正名定義，要以第六爲體，以前五爲用，庶幾約而無漏於義，要而不違乎本，實文家之首務，而著述之大綱矣。

（二）曰體類　文無類也，體增則類成。體無限也，時久而限廣。類可旁通，故轉注而轉新；體由孳乳，故迭傳而迭遠。旁通之喻，如琴瑟異器，而音理相貫，孳乳之喻，如祖孫共系，而骨相漸乖。自來論者，鮮明此理；知別者忘通，見同者失異，是以每涉體類，乖異殊甚。昭明選文，列目四十：

按梁昭明太子蕭統文選有賦、詩、騷、七、詔、册、令、敎、文、策問、表、上書、啓、彈事、牋、奏記、書、移書、檄、難、對問、設論、辭、序、頌、贊、符命、史論、史述贊、論、連珠、箴、銘、誄、哀文、碑文、墓志、行狀、弔文、祭文、共四十目。

舍人論藝，稱類六三。

按梁劉勰文心雕龍論及之文有經、緯、騷、詩、樂府、賦、頌、讚、祝、盟、銘、箴、誄、碑、哀、弔、對問、七發、連珠、（此三品總稱雜文）諧、讔、史、傳、諸子、論、說、詔、策、檄、移、封禪、章、表、奏、啓、議、對、書、記、共三十九品。而書記一篇附論有譜、籍、簿、錄、方、，檄、占、試、律、令、法、制、符、契、券、疏、關、刺、解、諜、狀、列、辭、諺、共二十四品。而仲治流別，已無以窺見其全；彥昇緣起，又非是當時之舊。揆其別類，諒不異於蕭劉，此總集文章，兼明體製之作也。

按晉摯虞文章流別已佚，殘文見諸書稱引者約有十二品，曰詩、頌、賦、樂府、七箴、銘、誄、哀辭、對問、碑、圖讖。

按梁任昉文章緣起一卷，隋時已亡，今本殆唐張績所補，其書論文章名類所始，自詩賦離騷至勢約，凡八十五類，所列頗疎。

至李昉等之文苑英華，姚鉉之文粹，呂祖謙之文鑑，蘇天爵之文類，程敏政之文衡，黃宗羲之文海，大都祖述蕭選，體尤蹖駮。

四庫全書總目，宋李昉扈蒙徐鉉宋白等奉敕編文苑英華一千卷，起於梁末，上續文選，分類編輯，體例略同，而門目更爲繁碎。

按唐文粹一百卷，宋姚鉉編，分目有古賦，古調、頌（雅附）、贊、表、奏、書、疏、狀、檄（露布附）、制策、文、論、議，古文、碑（碣記碑陰附）、銘（銘陰誄表版文遊附）、記、箴、誡、銘、書（啓疑命附）序、傳、錄、記事，共四十品，賦有古體，無四六，詩歌亦取古調，不取近體，其餘類別，亦嫌繁碎。

按宋文鑑百五十卷，宋呂祖謙編，分目有賦、律賦、四言詩、樂府歌行（附雜言）五言古詩，七言古詩，五言律詩，七言律詩，五言絕句，六言絕句，七言絕句，雜體、騷、詔、敕、赦文，哀冊，御劄，批答，制誥、奏疏、表、牋、箴、銘、頌、贊、碑文、記、序、論、義、策、議、說、戒，制策、說書，經義、書、啓、策問、雜著、對問、移文、連珠，琴操，上梁文、書判、題跋、樂語、祭文、謚議、行狀、墓誌 、墓表 、神道碑、神道碑銘、傳、露布，共六十一品亦不免冗雜。

按元文類七十卷，目錄三卷，元蘇天爵編，分目四十三。

按明文衡九十八卷，明程敏政編，分目三十八。

按明文海四百八十二卷，清黃宗羲編，分體二十有八，每體之中，又各分子目：賦之目至十有六，書之目至二十有七，序之目至五，記之目至十有七，傳之目至二十，墓文之目至十有三，分體繁碎，而編類亦錯互不倫。

惟真景元文章正宗，立意謹嚴，析體宏大。然主理而不主文，矯枉未免過直，後賢病之，不相會用。

按文章正宗二十卷，續集二十卷，宋眞德秀編，分辭令、議論、敍事、詩歌四類。

明代文家，喜辨文體。雖立意可嘉，而於體類分合之故，未盡窺其本源，故來治絲而棼之誚。

四庫全書總目、明徐師曾取明初吳訥之文體明辨，損益成文體明辨八十四卷。訥書編五十四體，外編五體，師曾廣之，正集之目一百有一，附錄之目二十有六。如詔誥分古俗二體，書表古體之外悉唐體宋體，碑則正體變體之外，又增別體，甚至墓誌以銘之字數分體，其餘亦莫不忽分忽合，忽彼忽此，體例無定，可謂治絲而棼。

逮至遜清，姚氏姬傳倡導古文，類纂一書，號稱精審，列類一十有三。

姚鼐古文辭類纂序目曰：于是以所聞編次論說，爲古文辭類纂。其類十三曰：論辨類，序跋類，奏議類，書說類，贈序類，詔令類，傳狀類，碑誌類，雜記類，箴銘類，贊頌類，辭賦類，哀祭類，一類內而爲用不同者，別之爲上下編云。

李氏申耆，別鈔駢體，與之抗衡，分目三十有一。是則各專一類，以相詮別，圍範所及，隘而不周。

按駢體文鈔分三編，上編列目十八：爲銘刻，頌，雜颺頌，箴銘誄，哀策，詔書，策命，告祭，敎令，策對，奏事，駁議，勸進，賀慶，薦達，陳謝，檄移，彈劾，皆廟堂之製，奏進之篇，垂諸典章，播諸金石者也；中編列目八：爲書，論，序，雜頌贊箴銘，碑記，墓碑，誌狀，誄祭，皆指事述意之作也；下編列目五：爲設辭，七，連珠，牋牘，雜文，皆緣情託興之作也。

其後曾文正公，雜鈔經史百家之文，分類別體，至爲矜愼。共三門十一目，以較彼二氏，已條理可觀，而包羅尤富。

【附表一】曾國藩經史百家雜鈔文體分類表（據序例編）

著述門
- 論著類（著作之無韻者）
  - 經—如洪範大學中庸樂記孟子皆是
  - 子—（一）篇　（二）訓　（三）覽
  - 古文—（一）論　（二）辨　（三）議　（四）說　（五）解　（六）原
- 辭賦類（著作之有韻者）
  - 經—如詩之賦頌書之五子作歌皆是
  - 後世文體—（一）賦　（二）辭　（三）騷　（四）七　（五）設論　（六）符命

（七）頌　（八）贊　（九）箴
（十）銘　（十一）歌

序跋類（他人之著作序述其意者）
- 經—如易之繫辭禮記之冠義昏義皆是
- 後世文體—（一）序　（二）跋　（三）引　（四）題　（五）讀　（六）傳　（七）注　（八）箋　（九）疏　（十）說　（十一）解

告語門
- 詔令類（上告下者）
  - 經—如甘誓湯誓牧誓等大誥康誥酒誥等皆是
  - 後世文體—（一）誥　（二）詔　（三）諭　（四）令　（五）敎　（六）敕　（七）璽書　（八）檄　（九）策命
- 奏議類（下告上者）
  - 經—如臯陶謨無逸召誥及左傳季文子魏絳等諫君之辭皆是
  - 後世文體—（一）書　（二）疏　（三）議　（四）奏　（五）表　（六）箚子　（七）封事　（八）彈章　（九）牋　（十）對策

- 書牘類（同輩相告者）
  - 經—如君奭及左傳鄭子家叔向呂相之辭
  - 後世文體—（一）書　（二）啓　（三）移　（四）牘　（五）簡　（六）刀筆　（七）帖
- 哀祭類（人告鬼神者）
  - 經—如詩之黃鳥二子乘舟書之武成金縢祝辭左傳荀偃趙簡告辭皆是
  - 後世文體—（一）祭文　（二）弔文　（三）哀辭　（四）誄　（五）告祭　（六）祝文　（七）願文　（八）招魂
- 傳誌類（所以記人者）
  - 經—如堯典舜典皆是
  - 史—本紀世家列傳皆是　以上二者皆記載之公者
  - 後世文體—（一）墓表　（二）墓誌銘　（三）行狀　（四）家傳　（五）神道碑　（六）事略　（七）年譜　以上七目皆記載之私者
- 敍記類（所以記事者）
  - 經—如書之武成金縢顧命左傳大戰記會盟及全編皆是

- 史—通鑑
- 古文—如平淮西碑等是然不多見

記載門

- 典志類（所以記政典者）
  - 經—如周禮儀禮全書禮記之王制月令明堂位孟子之北宮錡章皆是
  - 史—史記之八書漢書之十志及三通皆是
  - 古文—如趙公救菑記等是然不多見
- 雜記類（所以記雜事者）
  - 經—如禮記投壺深衣內則少儀周禮之考工記皆是
  - 古文—修造宮室游覽山水以及記器物記瑣事者皆是

而近人章氏太炎，務恢弘文域，考其論列，一切皆文。頗亦遠師舍人，可謂文家至大之域矣。

（附表二）文學各科表（謝无量据章太炎論文編）

無句讀文

- 圖書
- 表譜
- 簿錄—簿錄與表譜殊者以不皆旁行綴繫故
- 算草

- 有句讀文
  - 有韻文
    - 賦頌——無韻之頌即入符命類述序類中
    - 哀誄——祭文附此
    - 箴銘——無韻之銘即入款識類中
    - 占繇——如周易易林太玄靈棋之屬
    - 古今體詩
    - 詞曲——戲曲彈詞均屬此
  - 學說
    - 諸子——九流及近世科學諸說並附於此
    - 疏證——凡隨文解義及叢書考古者皆屬此
    - 平議——如史通文心雕龍及一切文評史評之屬
  -
    - 紀傳——尚書帝典之類皆屬此
    - 編年
    - 紀事本末

- 無韻文
  - 歷史
    - 國別史——如國語之屬
    - 地志
    - 姓氏書
    - 行狀
    - 別傳
    - 雜事——報章中紀事亦屬此
    - 款識——如鐘鼎彝碑誌之屬
    - 目錄——書目之無說者別入簿錄科
    - 學案
  - 詔誥——尚書康誥酒誥之類亦屬此
  - 奏議——尚書謨訓之類亦屬此
  - 文移

- 公牘
  - 批判
  - 告示——一切敎令皆屬此
  - 訴狀
  - 錄供
  - 履歷
  - 契約——如條約地契引帖之屬其私立者卽入書札類中
- 典章
  - 書志——如正史各志及通典通考之屬
  - 官禮——如周禮六典會典之屬
  - 律例
  - 公法
  - 儀注——如儀禮江都集禮書儀之屬其經學家專門說禮者卽入疏證一類中

- 雜文
  - 符命—如封禪告天劇秦與引之屬不皆有韻
  - 論說—連珠之類亦屬此
  - 對策
  - 雜記
  - 述序
  - 書札—私訂契約不關公牘者亦屬此
- 小說—文言俗語諸體均屬之

凡此諸家，因其用意不同，研究各異，故其分別，懸殊若此。大氐求通者不免於雜；務要者易失之隘；循名者鮮責諸實；得貌者常遺其神。蓋文學之事，流動不居，作者隨手之變，世風習尚之殊，息息與體製攸關，故漢代崇辭賦，則過秦以敷布成論。

項安世家說：「予謂賈誼之過秦，陸機之辨亡，皆賦體也。」

江左貴黃老，則孫許以平典爲詩：

鍾嶸詩品上品序：「永嘉時，貴黃老，稍尙虛談，於時篇什，理過其辭，淡乎寡味。爰及江左，微波尙傳孫綽許詢桓庾諸公，詩皆平典似道德論。」

子瞻才高，則其詞如詩；少遊質秀，則其詩如詞。

王直方詩話：「東坡嘗以所作小詞示無咎文潛曰：『何如少游？』二人皆對曰：『少游詩似小詞，先生小詞如詩。』」

且有韻者，不必皆吟詠風謠流連哀思之文；散行者，不必定褒貶是非紀別同異之作。若必執名鑒貌，求其毫髮無爽，則雖神禹，無以爲功。然人心自然之文，不外情理兩端；文學固有之界，亦分虛實二境。抒情者凌虛，明理者蹠實。抒情者以感化性靈爲用，明理者以增進智識爲歸。縱曰變化萬千，要不離此四事矣。

（三）曰斷限　歷史之有斷限，所以紀一朝之興廢也。文學風會，亦有盛衰，故自來論者，恆以時代爲標目：兩漢以前，題品猶少；建安而後，名目漸多。蓋作者日衆，則同氣有相求之雅；文體日新，則微尙有相感之力。窮變之會，則先後異趣；偏安之朝，則南北分鑣；國勢消長，則有初晚之不同；外力潛滋，則有新舊之互異。譬春秋之代謝，比寒暑之潛移，此中若有天焉，人力莫如何也。然而有三義焉，承學之士，不可不知：一者，文學者，情性風標，神明律呂，靈秀之所孕毓，材智之所發揚。雖時當叔末，未嘗無特達之材；運際屯邅，豈可絕天地之秀。是以宏才碩彥，異代間生；麗製巨篇，後先輝映。而世俗之見，多貴古賤今；輕躁之夫，或是今非古。則斷限之說，尤易生人疑障。二者，斷限云者，特指目風尚相同之時，而爲率較概括之論耳。究之此中盈虛之數，消息甚微豈必釐然若白與黑。譬之寒溫異候，不無半冬半春之時；東西別向，亦有可東可西之地。故唐代分三四，詩家之諍論不休。

按宋嚴羽滄浪詩話論唐詩有盛唐大曆晚唐之分，後人稱之三唐。至元楊士宏編唐音。於盛唐以上增初唐，於是又有四唐之目。明高棅選唐詩品彙用其說，然分之過碎，反致界限不淸。故錢謙益非之曰：「燕公曲江亦初亦盛，孟浩然亦盛亦初，錢起皇甫冉亦中亦盛」。王世懋亦曰：「唐律由初而盛，由盛而中，由中而晚，時代聲調，故亦必不可同。然亦有初而逗盛，盛而逗中，中而逗晚者。何則？逗者，變之漸也，非逗故無由變。」又曰：「唐律之由盛而中，極是盛衰之界。然王維錢起實相倡酬，子美全集，半是大曆以後，其間逗漏，實有可言，聊指一二：如右丞明到衡山篇，嘉州函谷磻溪句，隱隱錢劉盧李間矣。至於大曆十才子，其間豈無盛唐之句，蓋聲氣猶未相隔也。學者固當嚴於格調，然必謂盛唐人無一語落中，中唐人無一語入盛，則亦固哉其言詩矣。至馮班作嚴氏糾繆，以劉長卿亦盛亦中之類，力詆嚴氏之謬。然斷限之說，原祇論其大概，故嚴氏亦曰：「盛唐 詩亦有一二濫觴晚唐者；晚唐人詩亦有一二可入盛唐者。」是嚴氏未嘗不知也。

宋金判南北，詞壇之辨析匪易。

況 頤蕙風詞話：「自六朝以還，文章有南北派之分，乃至書法亦然。姑 詞論，金源之於南宋，時代正同。疆域之不同，人事爲之耳，風會曷與焉，如辛幼安先在北何嘗不可南？如吳彥高先在南何嘗不可北？顧細審其詞，南與北確乎有辨，其故何耶？ 謂中州樂府選政，操之遺山，皆取其近己者。然如王拙軒李莊靖段氏遯庵菊軒，其詞不入元選，而其格調氣息，以視元選諸詞，亦復如驂之靳，則又何說？南宋佳詞能渾至，金源佳詞近剛方；宋詞深緻能入骨，如清真夢窗是；金詞清勁能樹骨，如蕭閑遯庵是；南人得江山之秀，北人以冰霜爲淸；南或失之綺靡，近於雕文刻鏤之技；北或失之荒率，無解深裘大馬之譏。善讀者抉擇其精華，能知其並皆佳妙，而其佳妙之所以然，不難於合勘而難於分觀，往往能知之而難於明言之。然而宋金之詞之不同，固顯而易見者也。

三者，杜陵論詩，特重當時之體。

杜甫論詩絕句：「王楊盧駱當時體，輕薄爲文哂未休，爾曹身與名俱滅，不廢江河萬古流。」

亭林談藝，務明代降之勢。

顧炎武日知錄：「三百篇之不能不降而楚辭，楚辭不能不降而漢魏，漢魏不能不降而六朝，六朝不能不降而唐也，勢也。用一代之體，則必似一代之文，而後爲合格。」

曰體曰勢，樹義顯然。蓋可變者體格，而變之者勢也；不可變者精神，而通之者理也。可變者，一代之中不妨胡越之分，不可變者，萬世之後自可旦暮而遇。可變，故漢魏不可爲戰國，不可變，故李杜可以配風騷。知其可變，故古不必定勝今；知其不可變，故今非不可以復古。是以名世之作，雖用一代特著之體格，必具萬古不磨之精神也。

（四）曰宗派　自講學之風既盛，門戶之爭亦烈，流風及於文學，而宗派之說生焉。是故宗派非古也，成於後世；非本也，出於末流；非公也，生於私門；非通也，起於偏見。蓋古者學在王官，人守世業，百家衆技，異職同功，本數末度，百慮一致。東遷以後，大道始裂，諸子並出，異派分流。然漆園著論，尙無九流十家之目，韓非立說，漸有八儒三墨之名。

按莊子天下篇論諸子學術，但曰某某聞其風而悅之，不稱家數。韓非子顯學篇，始有儒分爲八，墨離爲三。取舍不同，皆自謂眞孔墨之語。

漢世崇儒，尤重師說，故天祿校書，獨明流別。

按班固漢書藝文志，乃刪取劉歆七略而成，如稱六藝一百二家，諸子百八十九家。又曰諸子十家，其可觀者九家，詩賦百六家之類，而九流十家，又特著其出自王朝何官，皆所以明流別也。

魏晉之間，人競品題，俗尙臧否，文人相輕，於斯爲盛，宗派之漸，其在此乎。是時厥後，其風不衰。大氐黨同伐異，崇己抑人，而學亦衰矣。故曰非古也，成於後世。昌黎文成破體，餘波衍爲奇詭之習。

李肇國史補：「元和以後，爲文則學奇詭於韓愈。」

西崑擷香玉谿，當時即有撏撦之譏。

古今詩話：「楊大年錢文僖晏元獻劉子儀爲詩皆宗李義山，號西崑體。後進效之，多竊取義山詩句。嘗內宴，優人有爲義山者，衣服敗裂，告人曰：「吾爲諸館職撏撦至此，聞者大噱。」

詩派之圖成，山谷遂領宗主之號。

按呂本中作江西詩社宗派圖，列陳師道以下二十五人，皆詩法出自黃庭堅者。蓋自宋初楊億劉筠尊崇義山，末流遂至雕縟。歐陽修起而矯之，至蘇軾黃庭堅而益大。庭堅弟子陳師道最著，故列爲首，而以己殿其末，推庭堅爲宗主，遂成一時風氣。

八家之名立，班韓乃分奇偶之疆。

曾國藩送周荇農序：「自漢以來，爲文者莫善於司馬遷。遷之文，其積句也奇，而義必相轉，氣不孤伸，彼有偶焉者存焉。其他善者：班固則毗於用偶，韓愈則毗於用奇，蔡邕范蔚宗以下，如潘陸沈任等比者，皆師班氏者也。茅坤所稱八家，皆師韓氏者也。轉相祖述，源遠而流益分，判然若黑白之不類，於是剌譏互興，尊丹者非素。」

凡此或出後學之變衰，或由異代之推許，非作者始料所及也。故曰非本也，出於末流。夫文，無難易也，惟其是，見於昌黎之答正夫；

韓愈答劉正夫書：「又問曰，文宜易宜難，必謹對曰，無難易，惟其是爾。」

無古今也，惟其當，聞於惜抱之序類纂。

姚鼐古文辭類纂序：「夫文無所謂古今也，惟其當而已。」

習之立言，則以文工爲極；

李翺答王載言書：「古之人，能極於工而已，不知其詞之對與否易與難也。詩曰：『憂心悄悄，慍於羣小。』此非對也；又曰：『遘閔既多，受侮不少。』此非不對也；書曰：『朕堲讒說殄行，震驚朕師。』詩曰：『菀彼桑柔，其下侯旬，捋采其劉，瘼此下人。』此非易也；書曰：『允恭克讓，光被四表，格於上下。』詩曰：『十畝之閒兮，桑者閑閑兮，行與子旋兮。』此非難也。』學者不知其方，而稱說云云，如前所陳者，非吾之敢聞也。」

東坡論文，則以詞達爲歸。

蘇軾答謝民師書：「孔子曰：『言之不文，行之不遠。』又曰：『詞達而已矣』。夫言止於達，疑若不文，是大不然。求物之妙，如繫風捕影，能使了然於心者，蓋千萬人而不一遇也；而能使了然於口與手者乎？是之謂詞達；詞至於能達，則文不可勝用矣。揚雄好爲艱深之詞，以文淺易之說，若正言之，則人人知之矣。此正所謂雕蟲篆刻者，其太玄法言皆是物也，而獨悔於賦，何哉？」

是則艱深之與平易，駢偶之與散行，有韻之與無韻，今體之與古體，一以工與達爲衡，而求其是與當而已。此文家之通識，而藝苑之公言也。然而人莫圓賅，士多阿好：識鑒褊狹者，以一槩自好；習染深錮者，以會己爲美。故曰非公也，生於私門，非通也，起於褊見。準茲四義，宗派之說，違理可知矣。雖然，文非一趣，道有多門。其間如天資之稟賦，學術之陶鎔，師友之薰習，時境之影響，亦有較然相異者。學者研味既永，衡鑒自明，故相如巧爲形似之言；二班長於情理之說；子建仲宣以氣質爲體，休文論之詳矣。

沈約宋書謝靈運傳論：「自漢至魏，四百餘年，辭人才子，文體三變。相如巧爲形似之言；二班長於情理之說；子建仲宣以氣質爲體，並標能擅美，獨映當時。是以一世之士，各相慕習。」

而子桓之論七子，標其短長；

魏文帝典論論文：「王粲長於賦辭，徐幹時有齊氣，然粲之匹也：如粲之初征登樓槐賦征思，幹之玄猿漏卮圓扇橘賦，雖張蔡不過也，然於他文，未能稱是。琳瑀之章表書記，今之儁也。應瑒和而不壯，劉楨壯而不密，孔融體氣高妙有過人者，然不能持論，理不勝辭。至於雜以嘲戲，及其所善，揚班儔也。」

彥和之評諸家，明其體性；

劉勰文心雕龍體性篇：若夫八體屢遷，功以學成。才力居中，肇自血氣。氣以實志，志以定言，吐納英華，莫非情性。是以賈生俊發，故文潔而體淸；長卿傲誕，故理侈而辭溢；子雲沈寂，故志隱而味深；子政簡易，故趣昭而事博；孟堅雅懿，故裁密而思靡；平子淹通，故慮周而藻密；仲宣躁銳，故穎出而才果；公幹氣褊，故言壯而情駭；嗣宗俶儻，故響逸而調遠；叔夜儁俠，故興高而采烈；安仁輕敏，故鋒發而韻流；士衡矜重，故情繁而辭隱。觸類以推，表裏必符，豈非自然之恒資，才氣之大略哉？」

仲偉之撰詩品，著其源流。

按梁鍾嶸詩品三卷，所品自漢迄梁詩人一百有三，皆各著其所自。輒曰某人源出某人。雖未必一一皆然，要自有所見。後人生千載之下，遺篇舊製，什九不存，未可據今之所見，議古人之非也。

尤能平理若衡，照辭如鏡，雖世遠莫覿其面，而覘文輒見其心。派別之義，若斯而已。過此以往，亦文家之朋黨也。君子周而不比，論文者其可忽諸。

四綱既立，次明經緯。

經緯者，取譬於組織，所以緊綱維，貫綱目，紀理文心，綢繆藝事者也。夫文章之道，散爲萬殊，執要御繁，當有總術。必使雜而有統，約而不孤，庶幾可以裁量大雅，研閱精微矣。嘗考昔賢傳詩，厥有六義。說之者曰：「賦比興者，詩之所用。風雅頌者，詩之成形。用彼三事，成此三事也。推斯義也，實文學之大經矣。昔彥和詮賦，謂六義附庸，蔚成大國。

劉勰文心雕龍詮賦篇：「於是荀況禮智，宋玉風釣，爰錫名號，與詩畫境，六義附庸，蔚成大國。述主客以引首，極聲貌以窮文。斯蓋別詩之原始，命賦之厥初也。」

實齋通義，稱戰代文體，源出詩經。

章學誠文史通義詩教上：「後世之文，其體皆備於戰國，人不知；其源多出於詩教，人愈不知也。」又曰：「戰國之文既源於六藝，又謂多出於詩教，何謂也？曰：「戰國者，縱橫之世也。縱橫之學，本出於古者行人之官。觀春秋之辭命，列國大夫，聘問諸侯，出使專對，蓋欲文其言以達旨而已。至戰國而抵掌揣摩騰說以取富貴，其辭敷張而揚厲，變其本而加恢奇焉，不可謂非行人辭命之極也。」孔子曰：「誦詩三百，授之以政。不達，使於四方，不能專對，雖多奚爲」。是則比興之旨，諷諭之義，固行人之所肆也。縱橫者流，推而行之，是以能委折而入情，微婉而善諷也。」

二君之論，固已發其大凡矣。至其分合流變之間，則亦闕焉弗詳，是有待於後學也。大氐三事之中，比之爲義至明，賦之爲用最廣，興則用精於賦而義隱於比，常感發於不覺，引物連類，以述己志，而不見其端。此毛公述傳，所以獨標興體也。嘗試論之，三事者固詩家之芍藥，亦衆製之規矩也。欲明此義，請陳一隅：孟子之巧譬，莊生之寓言，論宗之用比也。

　趙岐孟子題辭：「孟子長於譬喻，辭不迫切，而意以獨至。」

　司馬遷史記莊子列傳：「其學無所不闚，然其要本歸於老子之言，故其著書十餘萬言，大抵率寓言也。作漁父盜跖胠篋，以詆訾孔子之徒，以明老子之術。畏累虛亢桑子之屬，皆空語，無事實。然善屬書離辭，指事類情，用剽剝儒墨。」

宋玉之風賦，賈生之鵩鳥，賦家之用興也。

　按宋玉風賦，因風以明諷諭之志；賈生鵩鳥，見鵩而起生死之情，詩家之興也。

過秦王命，六代辨亡，論之體也，而用則賦。

　項安世家說：「予謂賈誼之過秦，陸機之辨亡，皆賦體也。」

　章學誠文史通義詩教上：「過秦王命六代辨亡諸論，抑揚往復，詩人諷諭之旨。」

虬龍雲蜺，美人香草，騷之文也，而用則比。

　劉勰文心雕龍辨騷篇：「虬龍以喻君子，雲蜺以譬讒邪，比興之義也。」

王逸離騷經章句：「離騷之文，依詩取興，引類譬喻，故善鳥香草以配忠貞；惡禽臭物以比讒佞；靈脩美人以媲於君；宓妃佚女以譬賢臣；虬龍鸞鳳以託君子；飄風雲霓以為小人。」

且比者，附也，附理者，切類以指事。興者、起也，起情者、依微以擬議，推闡其用，豈屢限於詩歌辭賦之文？賦者、鋪也，布也，鋪采布文、體物寫志也，會通其旨，亦有合於說部戲曲之法。蓋文家以三事為用，所用豈囿於一體？譬易牙以五味為用，百羞皆五味所成；師曠以五音為用，衆樂待五音而舉。是以一體之內，或比興互陳；一篇之中，或賦比兼備。或以賦而包比興；或本比而用敷陳。參伍錯綜，神變靡常，理固宜也。然而法有工拙，用有隱顯，勢有從違，體有小大。斟酌百變之間，取予寸心之內，作者之才藝係焉，一代之風會存焉。是在學者鑒別之精，要未可以一概而論也。

近世論文之士，喜為眞美善之辨。嚴為之防，則有若水火之不容；偏有所主，則有若君臣之相治，非探本之論也。今舉斯三義，通其體用，別其名實，明其分合，詳其異同，以緯文事而媲三經焉，儻亦當世之急務乎？夫道一而已，散爲九流；儒一而已，析爲八家。日耀月華，皆天象也；川渟嶽峙，皆地文也，此總散之別宜也。東望者見滄海，西向者疑之；南轅者畏炎日，北轍者異之；鼃黽以池井爲天地，蜉蝣以朝暮爲春秋，此封域之見然也。明夫總散之別，祛其封域之見，而後可以論文學矣。夫三名比用，古無有也，傳自西籍，其始蓋外教之說也。

按明末利瑪竇，傳敎至中土，初譯彼宗之書，始有至美好之名，卽眞美善也。

考之故訓，眞之一文，不見六藝。其用出道家之書。覩其不假於物而自然之訓，殆卽中庸至誠之義歟？

按眞字不見於六藝。莊子書有眞人至人聖人之名，蓋指知自然至理之人也。郭象注曰：「眞、至也，不假於物而自然也。」卽儒家至誠之義矣。莊子漁父篇：「眞者精誠之至也。」荀子勸學篇：「眞積力久則入。」楊倞注曰：「眞，誠也。」若說文解字，訓眞乃僊人變形而登天，乃後起之義，殆方士之爲也。

至美之與善·意義本同。

按美善訓同，皆從羊得義。故說文解字曰：「美，甘也。從羊從大。」羊在六畜主給膳也。與善同意。譱，吉也。从誩从羊。此與義美同意。篆文譱从言。

是以先儒注書，每以互訓。如美者在中，美訓善；

儀禮士喪禮：「美者在中。」鄭玄注曰：「美，善也。」

以見其善，又善訓美；

呂氏春秋古樂篇：「湯乃命伊尹作爲大護，歌晨露，修九招六列，以見其善。」高誘注曰：「善，美也。」

善歌者，善訓美；

禮記學記：「善歌者使人繼其聲。」孔穎達疏曰：「善歌謂音聲和美。」

美宮室，又美訓善。

周禮大司徒：「一曰媺宮室。」鄭玄注曰：「美，善也。」

又善美同訓好訓喜，同有福祥之義焉。

按善訓好，見呂氏春秋長攻篇：「所以善代者乃萬故。」高誘注曰：「善，好也。」訓喜，見荀子解蔽篇：「其爲人也，忍而善畏。」楊倞注曰：「善猶喜也。」訓福，見禮記中庸：

「善必先知之。」孔穎達疏曰：「善爲福也。」美訓好，見公羊傳莊公十二年：「魯侯之美也。」何休注曰：「美，好也。」訓喜，見老子：「天下皆知美之爲美斯惡已。」王弼注曰：「美惡猶喜惡也。」訓福，見周禮：「行夫媺惡而無禮者。」鄭玄注曰：「媺，福慶也。」

此皆先儒故訓之足徵者，然非可以釋今世之惑也。今人之辨三名者，率以眞屬智，以善屬行，以美屬情，其分隸若有不可通者。而情之發爲藝術，於藝術之中，又有主善主美之別焉。推原其故，蓋以分析爲學也。夫學問之道，分析綜合，異用同功。合而不分、是曰儱侗，分而不合、是曰支離，離而不已，往而不反，則將終不可合矣。可不愼哉！竊嘗論之，三名之生，生於人心。三名之分，分於所用。心之體一而用有三途，用之名三而實則一貫。何謂用三？有思考焉，有事爲焉，有情感焉。用之思考，故有眞僞之辨；用之事爲，故有善否之分；用之情感，故有美惡之異。何謂一貫？人生而有思，思斯有爲，爲斯有感。思之眞僞，爲之善否係焉，情之美惡別焉，一也；眞理者，思考之鵠的，事爲之權衡，而情感之歸宿也。思得之則眞，行符之則善，情止之則美，連連焉如環之無端也，二也。此分合同異之契，而名實體用之符也。且文學者，心藝也。心，有所思而世弗知；有所爲而俗弗用；有所感而人弗通，則鬱而求暢，怫而求中，發而爲音聲，形而爲文章。人之讀之者，或見眞理焉；或見善行焉；或見美情焉，非作者所計及也。然則又何主善主美之相別異哉？經之以三義，緯之以三名，文用備矣，文理周矣，文道成矣，文心通矣。文矣哉！其詞壇之總術，而筆苑之宗門乎？經緯既明，次標三準。

昔孔子贊易曰：「書不盡言，言不盡意。」其美子產也，曰：「言以足志，文以足言，不言誰知其志？言之不文，行而不遠。」孟子論詩，曰：「不以文害辭，不以辭害志。」其稱春秋也，曰：「其事則齊桓晉文，其文則史，其義則丘竊取之矣。」大哉！先聖之言，固已啓斯文之祕鑰矣。而莊生譏世，亦有貴語貴意之文；

莊子天道篇：「世之所貴道者書也，書不過語，語有貴也。語之所貴者意也，意有所隨，意之所隨者，不可以言傳也。

揚子好古，重申達心達言之義。

揚雄法言問神篇：「言不能達其心，書不能達其言，難矣哉。」

及至彥和，極論鎔裁，始標三準。辭情終始，條理粲然，可謂述者之明矣。

劉勰文心雕龍鎔裁篇：「是以草創鴻筆，先標三準。履端於始，則設情以位體；舉正於中，則酌事以取類；歸餘於終，則撮辭以舉要。」

然而先哲宏旨，尚多蘊蓄，比類合誼，可得而詳也。夫發詞之例，有通有別；位字之式，或隻或雙。土臧曰心，心識曰意，錯畫曰文，筆箸曰書，別訓之例也。

按說文解字：「心，人心，土臧也。意，志也。」段玉裁曰：「志卽識，心所識也。文，錯畫也，象交文。書，箸也，从聿者聲。」

志意意義，互文而可通；文辭言辭，合用而無擇，通釋之例也。多文爲富，修辭立誠，隻用之式也。約其文辭，思其志意，雙用之式也。由此觀之，孔子之意與志，孟子之志與義也。孔子之書與文，孟子之文也。孟子之辭與事，孔子之言也。莊生之意語書，揚子之心言書，彥和之情事辭，亦即孔子之志言文，孟子之義事文也。其或不曰辭而曰事者，辭乃說事之言。

按荀子正名篇曰：「辭也者，兼異實之名以論一意也。」楊倞注曰：「辭者，說異事之言辭，兼異實之名，謂兼數異實之名以成言辭，猶若元年春王正月公即位，兼說亡實之名以論公即位一意也。」王念孫讀荀子雜誌曰：「論當爲諭字之誤也。諭，明也，言兼說異實之名以明之也。」

詩人之所詠歌，文家之所論列，史氏之所傳述，必有事焉。故變文稱事也，名雖異而實則同也。綜而論之，書不盡言，言不盡意，文理之當然也。言以足志，文以足言，作者之良法也。不以文害辭，不以辭害志，讀之要術也。所言同而所以言者異也，情感思想，志之屬也。志託於事物而言爲辭，辭寄於筆墨而見爲文。情感之深微，思理之幽賾，有不能託之於事物者焉。能託之矣，其宅句位章，又有不能曲達畢見者焉。此子厚所以有作文不易之言，而東坡所以有辭達爲難之語也。蓋情思蘊於方寸，達之匪易；事物存於耳目，喻之不難。以難達之情思，託易喻之事物，宜若可矣。雖然，情思者，無形之至精者也；事物者，有形之至麤者也。於至麤之事物，寓至精之情思，而求其隱顯無爽，內外玄同，豈非文家至難之事乎？故曰，不盡之義，文理之當然也。然而作者有不得不達之志，卽有不得不言之辭，有不得不言之辭，卽有不得不作之文。而明志達辭，自不得不有其法，孔子所舉足之一義，其文家之玉律乎？足之訓，成也。志成於所言之事，言成於所書之文，則不盡者可盡矣。足之訓，止也。文止於辭達，辭止於志明，則可盡者不必盡矣。不盡者可盡，可盡者不必盡，樞機之妙，存乎寸心。不及非成也，太過非止也，文止於此而言成於彼，言止於此而志成於彼，則天下無不達之辭，人心無不明之志矣。作者之能事，孰有過於此哉？故曰：足志之說，作者之良法也。至於披文見辭，循辭得志，斯乃籀文之至樂，養性之神方也。望古而遙集者，由茲發軔焉。雖然，未易言也。必也，見文之異於常者而逆求其故焉，則將見其辭有異於吾之所謂者矣；見辭之異於常者而逆求其故焉，則將見其志有異於吾之所思者矣，此孟子意逆之旨也。若夫以吾之所謂所思，而武斷之，曲解之者，害其辭與志者也；以異於吾之所謂所思，而輕詆之，非笑之者，亦害其辭與志者也。夫前修之懿美，後賢之師法也。雖形質不存，而精爽無忒。今乃讀其書而害其志，害其志并棄其書，豈智者之所爲哉？故曰：不害之旨，讀者之要術也。然則二聖所論，理統於含毫之先，義賅於成篇之後，包精麤，貫表裏，而無遺者矣。固聖謨之卓絕，亦神匠之準繩哉。

三準既舉，更申三訓：

古者文之涵義至廣，詩之涵義至約，詁詩者有三訓焉：一曰承也；

禮記內則：「詩負之。」鄭玄注曰：「詩之言承也。」

儀禮特牲饋食禮：「詩懷之。」鄭玄注曰：「詩猶承也。」

按此二詩字，蓋由持義引申者。故孔穎達詩正義曰：「以手維持而承奉之也。」

二曰志也；

春秋說題辭：「在事爲詩，未發爲謀，恬憺爲心，思慮爲志，故詩之爲言志也。」

呂氏春秋愼大覽：「若告我曠夏盡如詩。」高誘注：「詩志也。」

劉熙釋名釋典藝：「詩之也，志之所之也。」

許愼說文解字：「詩志也，从言，寺聲。訨古文詩省。」

詩緯含神霧：「詩者持也，在於敦厚之教，自持其心，諷刺之道，可以扶持邦家者也。」

按詩與持皆从寺得聲，古字通假，故詩有持義。

三曰持也。

孔沖遠申其義曰：「作者承君政之善惡，述己志而作詩，爲詩所以持人之行，使不失隊，故一名而三訓也。」斯言也，可謂精義入神矣。紬繹其說，得四事焉；（一）者詩必有關於一代政教得失也。昔賢序詩，論聲音之喜怒，本於時政之和乖。

詩大序：「詩者志之所之也，在心爲志，發言爲詩。情動於中而形於言，言之不足，故永歌之，永歌之不足，不知手之舞之足之蹈之也。情發於聲，聲成文謂之音。治世之音安以樂，其政和；亂世之音怨以怒，其政乖；亡國之音哀以思，其民困。」

後儒記樂，稱人心之歡戚，感於外境之苦樂。

禮記樂記：「樂者，音之所由生也，其本在人心之感於物也。是故其哀心感者，其聲噍以殺；其樂心感者，其聲嘽以緩；其喜心感者，其聲發以散；其怒心感者，其聲粗以厲，其敬心感者，其聲直以廉；其愛心感者，其聲和以柔；六者非性也，感於物而後動。」按孔穎達正義曰：「物外境也，言樂初所起，在於人心之感外境也。心既由於外境而變，故有此下六事之不同也。噍，踧急也，若外境痛苦則心哀，哀感在心，故其聲必踧急而速殺也。嘽，寬也，若外境所善，心必歡樂，歡樂在心，故聲必隨而寬緩也。若外境會合其心，心必喜悅，喜悅在心，故聲必隨而發揚放散無輒礙也。怒，謂忽遇惡事而心恚怒，恚怒在心，則聲粗以猛厲也。直，謂不邪也，廉，廉隅也，若外境見其尊高，心中嚴敬，嚴敬在心，則其聲正直而有廉隅不邪曲也。和，調也，柔，軟也，若外境親屬死亡，心起愛情，愛情在心，則聲和柔也。」其言雖論樂理，實通於詩學，合於文心，所當參究也

蓋人生有情，不能無感。感有所鬱，不能無言。詩者，言之精也，情之華也，君子以是見志焉，賢者以是觀國焉。且詩用之大，存於諷諭；時源之廣，由於美刺。

鄭玄六藝論論詩：「詩者，弦歌諷諭之聲也。自書契之興，朴略尚質，面稱不爲諂，目諫不爲謗，君臣之接如朋友，然在於誠懇而已。斯道稍衰，姦僞以生，上下相

犯。及其制禮之後，尊君卑臣，君道剛嚴，臣道柔順。於是箴諫者希，情志不通，故作詩者以誦其美，而譏其過。」

所謂將順其美，匡救其惡，使聞之者足以塞違而從正也。故雖語關一己之幽憂，而情周萬姓；感生一人之私室，而理洽衆心。後之覽者，且以是論其世焉。（二）者詩必有關於作者情思邪正也。詩篇三百，義歸無邪。詩思之邪，由來久矣。蓋人之情性，不能分寸齊同，才學不能毫釐無爽，或才優而學劣，或理弱而情強，或激於世，或困於時，喜怒哀樂之發，遂亦不能中節。是故詩雖明志，所志者必詳其眞僞焉；心非無之，所之者必論其是非焉。證之以行義，驗之以事功，參之以同氣之儔，稽之以當世之故，文之情僞，不難知矣。此孟子所以貴知人也。然而離騷忠憤，屈子來露才之譏；

班固離騷序：「今若屈原，露才揚己，競乎危國羣小之間，以離讒賊。然責數懷王，怨惡椒蘭，愁神苦思，强非其人，忿懟不容，沉江而死，亦貶絜狂狷景行之士。」

王逸楚辭章句序：「若屈原膺忠貞之質，體清潔之性，直若砥矢，言若丹青，進不隱其謀，退不顧其命。此誠絕世之行，俊彥之英也。而班固謂之露才揚己，競於羣小之中，怨恨懷王，譏刺椒蘭，苟欲求進，强非其人，不見容納，忿恚自沉，是虧其高明而損其清潔者也。」

閑情高致，陶公蒙微瑕之誚；

昭明太子陶淵明集序：「白璧微瑕，惟在閒情一賦。揚雄所謂勸百而諷一者，卒無諷諫，何足搖其筆端？惜哉！亡是可也。」

尊酒論文之句，李杜被交譏之嫌；

葛立方韻語陽秋：「杜甫李白以詩齊名。韓退之云：『李杜文章在，光燄萬丈長。』似未易以優劣也。然杜詩思苦而語奇，李詩思疾而語豪。杜集中言李白詩處甚多，如李白一斗詩百篇：『清新庾開府、俊逸鮑參軍、何時一樽酒？重與細論文。』之句，似譏其太俊快。李白論杜甫，則曰：『飯顆山頭逢杜甫，頭戴笠子日卓午，爲問因何太瘦生？只爲從來作詩苦。』似譏其太愁肝腎也。」

按舊唐書杜甫傳，亦有「白自負文格放達，譏甫齷齪而有飯顆山之嘲誚之語。」

莫倚善題之言，嚴杜受相疑之謗。

洪邁容齋續筆曰：「新唐書嚴武傳云：『房琯以故宰相爲巡內刺史，武慢倨不爲禮。最厚杜甫，然欲殺甫數矣。李白蜀道難，爲房杜危之也。』甫傳云：『甫嘗醉登武牀，瞪目視曰：「嚴挺之乃有此兒。」武銜之，一日欲殺甫，冠鈎於簾者三，左右白其母，奔救得止。』舊史但云：『甫性褊躁，嘗憑醉登武牀，斥其父名，武不以爲忤。』初無欲殺之說，蓋唐小說所作而新書以爲然。」

仇兆鰲杜詩詳注曰：「子美集中詩，凡爲武者幾三十篇。若果有欲殺之怨，不應眷眷如此，好事者但以武詩有莫倚善題鸚鵡賦之句，故用證前說。」

斯則非古人之咎，而後學之責矣。（三）者詩必有感化之力也。詩大序曰：「正得失、動天地、感鬼神、莫近於詩。」劉彥和曰：「詩總六義，風冠其首，斯乃化感之本源，志契之符契也。故知歌詠之興，以感人爲極致矣。」上古之世，詩樂相將。

孔穎達詩正義：「五帝以還，詩樂相將，故有詩則有樂。」

樂主於聲，有和同之美；詩主於辭，具鼓舞之神。二者同功，效乃無極，逮及後世，樂教淪亡，詠歌特盛，先聖化感之用，乃獨寄於篇什。溫柔敦厚之教，其化感之眞諦乎？樂而至淫，哀而至傷，非溫柔也；頌而近諛，諷而近謗，非敦厚也；何則？詩之感人，在顯動之以情，而暗喻之以理。淫傷則過情矣，諛謗則損理矣。縱令感人，已失中道，況不然耶？且詠歌所抒之情，即作者所感之情也；篇什所寓之理，即作者所見之理也。感化之强弱，視爲權衡焉。斯固才藝優劣之分，亦即志氣高下之驗也。可不愼歟？（四）者詩必有追琢之美也。夫情致幽深，非朴辭所能盡；思理玄遠，豈淺言可得宣。語必驚人，定非凡響；

杜甫江上値水詩：「爲人性僻耽佳句，語不驚人死不休。」

句可泣鬼，自異庸音。

范傳正李白新墓碑：「賀知章吟公烏栖曲云：此可以泣鬼神矣。」

杜甫寄李十二白二十韻：「昔年有狂客，號爾謫仙人。筆落驚風雨，詩成泣鬼神。」

此古人所以劌目鉥心，頓精爽而不顧也。詩曰：「追琢其章，金玉其相。」此之謂歟？雖然，亦有辨也。春華鋪棻，必有豐幹，朱紘疏越，豈出庸工？故麗辭資雅情而立，妙語非拙手可成。本末之間，未容倒置；杼柚之外，別有神機，一也。雕蟲篆刻，壯夫不爲，揚子雲之言也；

揚雄法言吾子篇：「或問吾子少而好賦，曰然，童子雕蟲篆刻，俄而曰：壯夫不爲也。」

古今勝語，皆由直尋，鍾仲偉之論也。

鍾嶸詩品：「思君如流水、既是即目；高臺多悲風、亦惟所見；清晨登隴首、羌無故實；明月照積雪、詎出經史。觀古人勝語，多非補假，皆由直尋。」

尙質之士，資爲口實焉。不知文人搆思，何必楮墨之間？睿智觀妙，每出意言之表。彼發之有素者，自可取之逢源，故子建如成誦，

楊修答臨淄侯牋：「又嘗親見執事，握牘持筆，有所造作。若成誦在心，借書於手，曾不斯須少留思慮。」

仲宣若宿搆也。

三國魏志王粲傳：「粲善屬文，舉筆便成，無所改定，時人常以爲宿搆。然正復精意覃思亦不能加也。」

古人所謂俯拾卽是，豈易事哉？二也。由是觀之，冲遠三言，固已包舉文家之能事矣。

三訓既終，重以餘義。

文學者，通先哲精神之郵，啓後學情思之鍵者也。樞機所存，厥惟諷賞。夫作者授志於辭，授辭於文，其理順；覽者由文得辭，由辭得志，其勢逆。順者以內外同符爲極；逆者以彼此合契爲歸。然而賞文之道，神有會通，則古今可觀於須臾；情有底滯，則咫尺亦邈若山海，此覽者之難恃也。且代遠則事多闕，事闕故有不可知者焉；世異則傳易訛，傳訛故有不可信者焉，此又述者之難徵也。而作者之變，亦復多端。夫興會成文，神來結采，思若風發，言若泉流，當此之時，雖作者亦有莫知其所以然者矣。況詩貴婉諷，文或隱避，語有本正而若反，詞有意內而言外。苟非生與同時，游與同處，學與同道，將何從探其用心，得其本事耶？故鄭風閔亂刺淫，說詩者至今聚訟；

按鄭風二十一篇：如將仲子、羔裘、蘀兮、褰裳、風雨、有女同車。古序皆指爲閔亂，所言皆君臣之際。朱傳概目爲刺淫，所寫皆淫奔者自道。其後宗傳者疑序，信序者斥朱，爭論至於今不休。

楚騷方經合傳，辨騷者從來異辭。

按劉彥和辨騷篇曰：「淮南作傳，以爲國風好色而不淫，小雅怨悱而不亂，若離騷者可謂兼之。蟬蛻穢濁之中，浮游塵埃之外，皭然涅而不緇，雖與日月爭光可也。班固以爲露才揚己，忿懟沉江。羿澆二姚，與左氏不合，崑崙玄圃，非經義所載。然其文麗雅，爲詞賦宗。雖非明哲，可謂妙才。王逸以爲詩人提耳，屈原婉順，離騷之文，依經立義。駟虬乘翳，則時乘六龍，崑崙流沙，則禹貢敷土。名儒辭賦，莫不擬其儀表。所謂金相玉質，百世無匹者也。及漢宣嗟歎，以爲皆合經術。揚雄諷味，亦言體同詩雅。四家舉以方經，而孟堅謂不合傳。褒貶任聲，抑揚過實，可謂鑒而弗精，翫而未覈者矣。」彥和復陳四事，謂其同於風雅。摘四事，謂其異於經典。大氐以爲騷辭雖奇華，而其旨則典實，非後代浮豔所可比附也。

嗣宗鬱抑，咏懷難以情測；

李善文選阮嗣宗懷詩注：「嗣宗身仕亂朝，常恐罹謗遇禍，因茲發詠，故每有憂生之嗟，雖志在刺譏而文多隱避。百代之下，難以情測。故粗明大意，略其幽旨也。」

太白豪縱，蜀道匪可臆求。

按李白蜀道難一篇，自來論者約有三說：（一）爲房杜危之也。其說出范攄雲溪友議，錢希白南部新書，紀有功唐詩紀事、新唐書嚴武傳同。（一）爲諷章仇兼瓊也。沈存中夢溪筆談、洪駒父詩話、並同。（一）爲玄宗幸蜀作也。蕭士贇李白詩集注主之。而顧炎武日知錄曰：「李白蜀道難之作，尚在開元天寶間，時人共言錦城之樂，而不知畏途之險，異地之虞。即事成篇，別無寓意。」及玄宗西幸，升爲南京。則又爲詩曰：「誰道君王行路難？六龍西幸萬人歡，地轉錦江成渭水。山迴玉壘作長安。」一人之作，前後不同如此，亦時爲之也。

他如蘇州之獨憐幽草；

按韋應物滁州西澗間詩，謝疊山以爲指小人在朝、賢人在野　亦屬臆測。見徐釚詞苑叢談。

義山之錦瑟無端；

按李商隱錦瑟一首，解者紛紜，或以爲寓意令狐靑衣，或以爲悼亡之作，或以爲自傷之詞。故王阮亭論詩絕句曰：「獺祭曾驚博奧殫，一篇錦瑟解人難，千秋毛鄭功臣在，尙有彌天釋道安。」道安，指明末釋道源，始注義山詩者。

飛卿之小山重疊；

按溫庭筠菩薩蠻各関，託意男女之詞。張惠言謂乃感士不遇也。

東坡之缺月疏桐。

按蘇軾卜算子詞，鮦陽居士詞學筌蹄、句句強解。王阮亭已譏其村夫子強作解事，令人欲嘔。而王楙野客叢書、又有溫女私慕之說，尤爲可笑。見徐電發詞苑叢談。

事本無徵，安能塗附。凡此之類，貴有準繩。今陳二義，以畢吾說。夫情，公也。事、私也。私者因人而異，公者亘古無殊。是故雁山遼水之間；錦帳薰籠之側；江湖魏闕之地，蒹葭白露之時；荊棘禾黍之中；衡門宛丘之下，憂喜之事萬端，而啼笑之情無兩。所以思君懷友之作，可託之男女怨慕之詞；愛國憂時之心、可寄之勞人思婦之事。然則作者之本事，雖不可知，而文中之公情，自不難見矣，此一義也。昔仲尼之告子張也，曰：「多聞闕疑，愼言其餘，則寡尤。」其誨子路也，曰：「君子於其所不知，蓋闕如也。」其疾時人之多穿鑿也，曰：「吾猶及史之闕文也，有馬者借人乘之，今亡矣夫。」以仲尼之聖，二子之賢，平居講道，猶諄諄以闕疑相戒者，何也？蓋學問者，萬世之公器；知識者、無涯之淵藪；人生者、有限之壽命，安可以有限之生，逐無涯之知？以一人之私，害萬世之公哉？此思之所以貴慎，而辨之所以當明也。且闕在多聞，則必非寡學之事矣；闕乃君子，則必非小人所能矣；學而得疑，則必非滯晢之儒矣；闕可寡尤，則必免愚陋之誚矣；喻如乘馬，則必有得解之日矣。大哉、上聖之雅言，其不刊之鴻教哉！此又一義也。是二義者，所以濟論世知人之窮，推之孟子不害之旨而皆準者也。覽文之士，留意於此，庶幾可以無大過矣。

恢之以四綱，以統其紀；錯之以經緯，以究其變；建之以三準，以立其極；約之以三訓，以總其要；輔之以二義，以釋其惑，文學之道，不中不遠矣。雖然，記有之曰：「獨學而無友，則孤陋而寡聞。」詩有之曰：「嚶其鳴矣，求其友生。」區區之意，蓋若此云。

中華民國十七年秋九月書於瀋陽東北大學文學院

卷一　上古至秦

一　古代茫昧難徵

昔彥和論文，徵引古作。於文始元首載歌，於筆始益稷陳謨。

劉勰文心雕龍原道篇：「自鳥跡代繩，文字始炳。炎皡遺事，紀在三墳。而年世渺邈，聲采靡追。唐虞文章，則煥乎爲盛。元首載歌，既發吟詠之志，益稷陳謨，始垂敷奏之風。」

竊嘗嘆其識美千古，得孔子刪述微旨。蓋唐虞以前，河圖洛書，既事隣神怪；墳典邱索，又跡在渺茫。雖傳之史乘，可增民族先進之光，要不足資學者師範之用也。然班孟堅志藝文，多載依託炎黃之書；

按班固漢書藝文志農家有神農二十篇，自注六國時諸子疾時怠於農業，道耕農事，記之神農。兵陰陽家有神農兵法一篇。五行家有神農大幽五行二十七卷。雜占家有神農教田相土耕種十四卷。經方家有神農黃帝食禁七卷。神僊家有神農雜子技道二十三卷。道家有黃帝四經四篇，黃帝銘六篇，黃帝君臣十篇，自注起六國時，與老子相似也。雜黃帝五十八篇。自注六國時賢者所作。陰陽家有黃帝泰素二十篇，自注六國韓諸公子所作。小說家有黃帝說四十篇，自注迂誕依託。兵陰陽家有黃帝十六篇，自注圖三卷。天文家有黃帝雜子氣三十三篇。曆譜家有黃帝五家曆三十三卷，五行家有黃帝陰陽二十五卷，黃帝諸子論陰陽二十五卷，雜占家有黃帝長柳占夢十一卷。醫經家有黃帝內經十八卷，外經三十九卷。房中家有黃帝三王養陽方二十卷。神僊家有黃帝雜子步引十二卷，黃帝岐伯按摩十卷，黃帝雜子芝菌十八卷，黃帝雜子十九家方二十一卷。

史遷亦稱百家言黃帝。其文不雅馴。

司馬遷史記五帝本紀：「太史公曰！學者多稱五帝，尚矣！然尚書獨載堯以來，而百家言黃帝，其文不雅馴，薦紳先生難言之。孔子所傳宰予問五帝德及帝繫姓，儒者或不傳。」

而上古詩篇樂章，猶時時散見羣籍。

按唐虞以前之詩歌多不可信。葛天氏八闋之名、見呂氏春秋古樂篇。伏羲氏有駕辯之曲、見楚辭王逸注。伊耆氏蜡辭、見禮郊特牲。神農作豐年歌、見夏侯玄辨樂論。黃帝時有焱氏之頌、見莊子。黃帝時古孝子斷竹歌、見吳越春秋。黃帝棡鼓曲名、見歸藏。黃帝有襲龍之頌、見王子年拾遺記。而孝經鉤命訣曰：伏羲樂、曰立基、一曰扶來、亦曰立本。神農樂、曰下謀、一曰扶持。祝融樂曰屬續。惟蜡詞質實、近耕稼時俗。斷竹簡樸、類游牧民歌。而有焱之頌似出道家寓言，棡鼓曲名太繁茂、決非太古所作也。

推原其故，蓋古代文化，至炎黃始盛。後之學者，樂稱道之，一也；周秦諸子，以學術相高，欲尊其學。輒託之古昔，二也。

淮南子曰：「世俗之人多尊古而賤今，故爲道者必託之於神農黃帝而後入說。」

觀漆園之高志軼塵，猶且有以重言爲眞之語，則他家可知矣，此所以不得不斷自唐虞也。雖然，溯文之源。則不但伏羲畫卦，文籍始生；

梁昭明太子文選序：「式觀元始，眇覿玄風。冬穴夏巢之時。茹毛飲血之世。世質民淳，斯文未作。逮乎伏羲氏之王天下也，始畫八卦，造書契，以代結繩之政，由是文籍生焉。」

結繩之世，謳歌可作。是以康成疑大庭以還，冲遠謂前於書契也。

鄭玄詩譜序：「詩之興也，諒不於上皇之世。大庭軒轅，逮於高辛，其時有亡載籍，亦蔑云焉。孔穎達正義曰：大庭，神農之別號，大庭軒轅疑其有詩者。大庭以還，漸有樂器。樂器之音，逐人爲辭。則是爲詩之漸，故疑有之也」。又曰：「然則上古之時，徒有謳歌吟呼。縱令土鼓葦籥，必無文字雅頌之聲。故伏羲作瑟，女媧笙簧及蕢桴土鼓，必不因詩詠。」如此則時雖有樂，容或無詩。鄭疑大庭有詩者，正據後世漸文，故疑有爾，未必以土鼓葦籥遂爲有詩。若然。詩序云：「情動於中而形於言，言之不足乃永歌嗟歎。聲成文，謂之音」。是由詩乃爲樂者。此據後代之詩，因詩爲樂。其上古之樂，必不如此。鄭說既疑大庭有詩，則書契之前已有詩矣。

至於誦美譏過之詩，則皆主唐虞以後。

鄭玄詩譜序：「虞書曰。詩言志，歌永言。聲依永，律和聲。然則詩之道放於此乎，孔氏正義曰：謂今誦美譏過之詩，其道始於此，非初作謳歌始於此也」。又曰：

「六藝論云，唐虞始造其初，至周分爲六詩。亦指堯典之文，謂之造初，謂造今詩之初，非謳歌之初。」

綜觀二氏所論，大氐初民謳歌吟呼之作，起於作樂之時，書契之前；詩人述志箴諫之詩，興於書契之後，制禮之始。

按鄭玄六藝論：論詩，謂箴諫之詩以制禮爲限（引見前敍論詩有三訓章）；論禮，謂禮之初起與詩同時。孔氏謂指今詩之始，非謳歌之始，辨析至明，頗合文化發展之程序。論文學起源者，無過此說者矣。

先後之序，較然可信也。

二　孔子刪述之影響

儒者之教，具在六經。六經之傳，實惟孔子。孔子刪述之功，在刊落神怪之談，切於生民之用，不爲高激之論，一準中正之道。夫婦之愚，可以與知，聖哲之智，有所不盡。是以大而國政，精而學術，遠而四裔，下而習俗，莫不取正焉。其影響之大，已可知矣。今茲所述，厥在文學。而其綿歷之久，涵蓋之大，孕育之厚，滋潤之深，亦可謂蓋世無匹者也。夫舉文學之全者，莫不分形神二端。形爲其表而神運其中，內外雙美，而後煥乎可觀也。六藝之教，其兼諸學之神者乎？五經之文，其樹衆製之骨者乎？何以言之？溫柔敦厚，廣博良易，則詩歌辭賦家之髓也；疏通知遠，屬辭比事，則史傳論說家之精也；絜靜精微，則科學哲學之極致也；恭儉莊敬，則政學羣學之良規也。

禮記經解：「孔子曰：入其國，其敎可知也。其爲人也溫柔敦厚、詩敎也；疏通知遠、書敎也；廣博良易、樂敎也；絜靜精微、易敎也；恭儉莊敬、禮敎也；屬辭比事、春秋敎也。故詩之失愚，書之失誣，樂之失奢，易之失賊，禮之失煩，春秋之失亂。其爲人也溫柔敦厚而不愚、則深於詩者也；疏通知遠而不誣、則深於書者也；廣博良易而不奢、則深於樂者也；絜靜精微而不賊、則深於易者也；恭儉莊敬而不煩、則深於禮者也；屬辭比事而不亂、則深於春秋者也。」

故曰六藝之教，兼諸學之神者也。論說辭序，則易統其首；詔策章奏，則書發其源；賦頌歌讚，則詩立其本；銘誄箴祝，則禮總其端；紀傳盟檄，則春秋爲根，劉彥和之說也宗經篇。詔命策檄生於書；序述論議生於易；歌詠賦頌生於詩；祭祀哀誄生於禮；書奏箴銘生於春秋，顏之推之訓也文章篇。故曰五經之文，樹衆製之骨者也。而實齋章氏之論，尤能推闡至微，是又合形神而兼究之者矣。

> 章學誠文史通義詩教上：「戰國之文，其源皆出於六藝，何謂也？曰：道體無所不該，六藝足以盡之。諸子之爲書，其持之有故而言之成理者，必有得於道體之一端，而後乃能恣肆其說，以成一家之言也。所謂一端者，無非六藝之所該，故推之而皆得其所本。非謂諸子果能服六藝之教，而出辭必衷於是也。老子說本陰陽，莊列寓言假象，易教也。鄒衍侈言天地，關尹推衍五行，書教也。管商法制，義存政典，禮教也。申韓刑名，旨歸賞罰，春秋教也。其他楊墨尹文之言，蘇張孫吳之術，辨其源委，挹其旨趣，九流之所分部，七錄之所敍論，皆於物曲人官得其一致，而不自知爲六典之遺也。」

至其入人最深，養人最厚者，則尤爲詩樂之教。詩主和平而博大存焉，樂極博大而和平具焉，斯二者其吾先民獨稟之德性，而今後文家持以與世相見者乎？

三　詩經爲後世感化文學之祖

六藝皆先哲之巨製，後賢之崇規也。而詩經之文，尤深切諸美，益人神智。故其蕃衍滋益，獨冠羣經，而爲後世感化文學之祖焉。今即三百五篇而論之，其包羅之廣，則上自王朝政典，下逮閨門委曲，莫不有詩。

按如鹿鳴燕羣臣、四牡勞使臣、采薇遣戍役、彤弓賜有功、六月北伐、采芑南征、皆王朝之大政。如芣苢婦人樂有子、谷風夫婦離絕、氓爲夫棄婦之詞、中谷乃夫婦相棄之詩、皆閨門之細事也。

貴自邦君卿士，賤至匹夫匹婦，莫不有作。

按如周公作鴟鴞、秦康公作渭陽、衞武公作抑、召康公作公劉、芮伯作桑柔、仍叔作雲漢、召穆公作民勞、凡伯作板、尹吉甫作崧高、史克作駉。以及蔡人妻作芣苢（魯詩說）、魏國女作伐檀（魯詩說）等是也。

喜怒哀樂之情志，鳥獸草木之名狀，莫不入詠。

詩大序曰：「情動於中而形於言，言之不足，故嗟歎之；嗟歎之不足，故詠歌之；詠歌之不足，故不知手之舞之足之蹈之也。」

論語陽貨第十七：「子曰：小子何莫學夫詩。詩，可以興；可以觀；可以羣；可以怨；邇之事父；遠之事君；多識於鳥獸草木之名。」邢昺疏曰：「多識於鳥獸草木之名者，言詩人多記鳥獸草木之名，以爲比興，則因又多識於此鳥獸草木之名也。」王應麟困學紀聞：格物之學，莫近於詩。關關之雎，摯有別也；呦呦之鹿，食相呼也；德如鳲鳩，言均一也；德如羔羊，取純潔也；仁如騶虞，不嗜殺也；鴛鴦在梁，得所止也；桑扈啄粟，失其性也；倉庚，陽之候也；鳴鵙，陰之兆也；蒹葭，露霜變也；桃蟲，拚飛化也；鶴鳴于九皋，聲聞于野，誠不可掩也；鳶飛戾天，魚躍于淵，道無不在也，南有喬木，正女之操也；隰有荷華，君子之德也；匪鱣匪鮪，避危難也；匪兕匪虎，慨勞役也；蓼莪常棣，知孝友也；蘩蘋行葦，見忠信也；葛屨褊而羔裘怠也；蟋蟀儉而蜉蝣奢也；爰有樹檀，其下維穀，美必有惡也；周原膴膴，堇荼如飴，惡可爲美也；黍以爲稷，心眩於視也；蠅以爲雞，心惑於聽也；綠竹猗猗，文章著也；皎皎白駒，賢人隱也；贈以芍藥，貽我握椒，芳馨之臣也；鷙得藼草、言采其蝱、憂思之深也；柞棫斯拔、侯薪侯蒸、蹙蹙之象也；鳳凰于飛、雉離于羅、治亂之符也；相鼠碩鼠、疾惡也；采葛采苓、傷讒也。引而申之，觸類而長之，有多識之益也。」

先王遺教之存亡，列國民俗之厚薄，莫不可觀。

班固漢書地理志：「秦地於禹貢時跨雍梁二州，詩風兼秦豳兩國。（中略）其民有先王遺風，好稼穡，務本業。故豳詩言農桑衣食之本甚備。（中略）天水隴西，山多林木，民以板爲室屋，及安定北地上郡西河，皆迫近戎狄。修習戰備，高上氣力，以射獵爲先。故秦詩曰在其板屋，又曰王于興師、修我甲兵、與子偕行。及車轔駟驖小戎之篇，皆言車馬田狩之事。（中略）吳札觀樂，爲之歌秦，曰：『此之謂夏聲。夫能夏則大，大之至也，其周舊乎？』」

又：「河內本殷之舊都。周既滅殷，分其畿內爲三國，詩風邶庸衛國是也。（中略）故邶庸衛三國之詩相與同風。邶詩曰在浚之下，庸曰在浚之郊，邶又曰，亦流于淇、河水洋洋。庸曰，送我淇上、在彼中河，衛曰，瞻彼淇奧、河水洋洋。故吳公子札聘魯，觀周樂，聞邶庸衛之歌曰：美哉淵乎。吾聞康叔之德如是，是豈衛風乎？』又一河東土地平易，有鹽鐵之饒，本唐堯所居，詩風唐魏之國也。（中略）其民有先王遺教，君子深思，小人儉陋。故唐詩蟋蟀山樞葛生之篇曰，今我不樂，日月其邁。宛其死矣，它人是媮。百歲之後，歸于其居。皆思奢儉之中，念死生之慮。吳札聞歌唐之歌，曰：『思深哉！其有陶唐氏之遺民乎？』」

又「魏國亦姬姓也，在晉之南河曲。故其詩曰，彼汾一曲，寘諸河之側。吳札聞魏之歌：『曰美哉渢渢乎，以德輔此，則明主也。』」

又。「詩風陳鄭之國與韓同星分焉。鄭國（中略）土陿而險，山居谷汲，男女亟聚會，故其俗淫。鄭詩曰：出其東門，有女如雲。又曰，溱與洧，方灌灌兮，士與女。方秉菅兮。恂盱且樂，惟士與女，伊其相謔。此其風也。吳札聞鄭之歌曰：美哉！其細已甚，民弗堪也，是其先亡乎？」

又。「陳國（中略）其俗好巫鬼。陳詩曰：坎其擊鼓，宛丘之下。亡冬亡夏，值其鷺羽。又曰，東門之枌，宛丘之栩。子仲之子，婆娑其下。此其風也。吳札聞陳之歌，曰：『國亡，主其能久乎？』」

又「齊地（中略）詩風齊國是也。臨菑名營丘，故齊詩曰，子之營兮，遭我虖嶩之間兮。又曰，我於著乎而。此亦其舒緩之體也。吳札聞齊之歌，曰：「泱泱乎，大風也哉！其太公乎？國未可量也。」」

又「宋地（中略）詩風曹國也。（中略）其民猶有先王遺風，重厚多君子，好稼穡，惡衣食，以致畜藏。」

又「衛地有桑間濮上之阻，男女亦亟聚會，聲色生焉，故俗稱鄭衛之音。」

其體裁之美，則敘事者婉約而成章；

按風詩如碩人之敘莊姜，大叔于田之敘莊公，駟鐵之敘田狩，小戎之敘出師，七月之敘農桑，東山之敘歸人，雅如采薇之敘遣戍，六月之敘北伐，采芑之敘南征，無羊之敘考牧，賓筵之敘飲酒，大明之敘伐殷，皇矣之敘伐崇，江漢之敘平淮夷是也。

抒情者纏綿而悽愴；

按如關雎之思，芣苢之樂，甘棠之愛，柏舟之怨，燕燕之別，葛生之悲，凱風之自責，谷風之敘離，北風之去國，氓之被棄，伯兮之懷遠人，黍離之悲故宮，陟岵之念父母，蟋蟀憂國家，山有樞之惜危亡，黃鳥之哀良臣，渭陽之送舅氏是也。

體物者博麗而瀏亮；

劉勰文心雕龍物色篇：「是以詩人感物，聯類不窮。流連萬象之際，沈吟視聽之區。寫氣圖貌，旣隨物以宛轉；屬采附聲，亦與心而徘徊。故灼灼狀桃花之鮮，依依盡楊柳之貌，杲杲爲出日之容，瀌瀌擬雨雪之狀，喈喈逐黃鳥之聲，喓喓學草蟲之韻，皎日嘒星，一言窮理，參差沃若，兩字窮形，並以少總多，情貌無遺矣。雖復思經千載，將何易奪。」

陳政者宏遠而疏朗；

按如孔叢子記義篇所載：「孔子讀小雅，於鹿鳴見君臣之有禮，於彤弓見有功之必報，於羔羊見善政之有應，於節南山見忠臣之憂世，於蓼莪見孝子之思養，於四月見孝子之思祭，於裳裳者華見古之賢者世保其祿，於采菽見古之明王所以敬諸侯之顇。」

頌德者典雅而淸鑠。

按告神之頌，如商之那頌，周之淸廟諸什；美上之頌，如魯頌駉駜等篇是也。陳繹曾詩譜曰：「周頌天心布聲，魯頌謹守禮法，商頌天威大聲，皆典雅淸鑠之作也。」

其辭旨之茂，則樂而不淫，哀而不傷，怨而不怒，頌而不至於諛，諷而不至於謗。後有作者，曷以加此？信夫聖賢所潤色，仁智所低徊也。至其比興之義，敷布之用，從容婉順之致，往復抑揚之趣，旁溢側出。猶足資策士之游談，

詳見後

助楚臣之諷諭。

詳見後

下及漢庭之賦，唐代之詩，兩宋之詞，金元之曲，莫不由此斟酌挹注焉。可謂衣被詞林，冠冕文囿者矣。

四　春秋時詩學之盛

自王官廢墜，學散私家，詩主諷誦，流布尤廣。春秋之時，詩學之盛，遂亦炳耀千古，其證有二事焉：（一）者，列國會同賦詩也。孔子曰：「不學詩，無以言。」

邢昺論語正義：「以古者會同、皆賦詩見意。若不學、何以爲言也？」

又曰：「誦詩三百，授之以政。不達，使於四方，不能專對，雖多亦奚以為？」

邢昺論語正義：「古者使適四方，有會同之事，皆賦詩以見意。」

蓋詩之為學，以微言感發，收效至宏。是以卿士大夫，交接隣國，莫不稱詩以諭其志。

班固漢書藝文志：「古者諸侯卿大夫交接鄰國，以微言相感，當揖讓之時，必稱詩以諭其志，蓋以別賢不肖而觀盛衰焉。孔子曰，不學詩、無以言也。」

今觀左氏所記；

按左氏傳所記列國宴享歌詩贈答共七十條，今錄鄭伯享趙孟於垂隴，及鄭六卿餞宣子於郊二事，以見當時風尚之美焉。

左傳襄公二十七年：「鄭伯享趙孟於垂隴。子展、伯有、子西、子產、子大叔、二子石從。趙孟曰，七子從君，以寵武也，請皆賦以卒君貺，武亦以觀七子之志。子展賦草蟲，趙孟曰。善哉、民之主也，抑武也不足以當之。伯有賦鶉之賁賁，趙孟曰，牀笫之言不踰閾，況在野乎？非使人之所得聞也。子西賦黍苗之四章，趙孟曰，寡君在，武何能焉？子產賦隰桑，趙孟曰，武請受其卒章。子大叔賦野有蔓草，趙孟曰，吾子之惠也。印段賦蟋蟀，趙孟曰，善哉，保家之主也，吾有望矣。公孫段賦桑扈，趙孟曰，匪交匪敖，福將焉往？若保是言也，欲辭福祿得乎？卒享。文子告叔向曰，伯有將為戮矣。詩以言志，志誣其上，而公怨之，以為賓榮，其能久乎？幸而後亡。叔向曰，然已侈，所謂不及五稔者，夫子之謂矣。文子曰，其餘皆數世之主也；子展其後亡者也，在上不忘降；印氏其次也，樂而不荒，樂以安民，不淫以使之，後亡不亦可乎？」

又昭公十六年：「夏四月，鄭六卿餞宣子於郊。宣子曰：二三君子請皆賦，起亦以知鄭志。子齹賦野有蔓草，宣子曰，孺子善哉，吾有望矣。子產賦鄭之羔裘，宣子曰，起不堪也。子大叔賦褰裳，宣子曰，起在此，敢勤子至於他人乎？子大叔拜，宣子曰，善哉，子之言是，不有是，事其能終乎？子游賦風雨；子旗賦有女同車；子柳賦蘀兮，宣子曰。鄭其庶乎？二三君子以君命貺起，賦不出鄭志，皆昵燕好也。二三君子數世之主也，可以無懼矣。宣子皆獻馬焉，賦我將，子產拜，使五卿皆拜曰，吾子靖亂，敢不拜德？宣子私覲於子產，以玉與馬曰。子命起舍夫玉，是賜我玉而免吾死也，敢藉手以拜。」

國語所載。

按國語晉語魯語亦載賦詩之事。

當樽俎酬錯之時，賓主從容贈答，而兩國之休戚係焉，一己之志趣存焉。風氣之美，千載而下，猶令人想慕弗衰，雖非自造篇什，而斷章取義，亦足以寄意託情。使非誦習嫻雅，何能雍容若此？

章學誠答大兒貽選問：「列國聘問，賦詩贈答，此見古人善於因託，情所難宣，借詩意以宣之。彼時人皆素習，豈如後人之須經師訓故？其失賦貽譏者，乃是不習禮文，非謂不諳文理也。」

（二）者，學者述作引詩也。引詩之風，亦著於春秋之世，殆與賦詩同稱盛焉。考左傳所載，列國公卿面語，引詩多至百有一條，而丘明自引及述仲尼之言者，復四十有八。他如論語孝經之文，皆有徵引詩句之處。下及戰國，諸子著書，儒門記禮，其風尤盛。而漢代經師之傳記，臣工之奏疏，猶有引詩證義之習，亦可見流風之遠矣。嘗考引詩之法，略同賦詩斷章、大氏別有感發、節取詩義以明之。故不必計采詩之世。

魏源詩古微毛詩義例篇中：「維嶽降神，生甫及申，在宣王之世，而記禮者引爲文武之德。夙夜匪懈，以事一人，仲山甫之詩，而左氏引爲孟明之功。憂心悄悄，慍于羣小，邶風柏舟，而以爲孔子之遇。戎狄是膺，荊舒是懲，魯頌僖公，而以爲周公之事。是可不計采詩之世也。」

亦不必問作詩之事。

魏源詩古微毛詩義例篇中：「表記論君臣之順命逆命，則引鵲之賁賁，人之無良，我以爲君。論口惠而實不至，則引言笑晏晏，信誓旦旦，不思其反。季文子餞韓宣子，論大國信義威懷，則引女也不爽，士貳其行，士也罔極，二三其德。皆引淫詩以證正義，是不必同作詩之事也。」

且引詩者與詩人之意。違反乖刺。亦無不可。

魏源詩古微毛詩義例篇中。「左傳所載，如叔孫穆子譏孫文子公登亦登，則曰，退食自公，委蛇委蛇，謂從者也，衡而委蛇必折（襄七年）。羊舌職美士會爲政，羣盜奔秦，則曰禹稱善人，不善人遠。詩云，戰戰兢兢，如臨深淵，如履薄冰，善人在上也，善人在上，則國無幸民（宣十六年）。晉叔向論子野曰，君子之言，信而有徵，故怨遠其身，小人之言，僭而無徵，故怨咎及之。詩云，哀哉不能言，匪舌是出，惟躬是瘁，可以能言，巧言如流，俾躬處休（昭八年）。郤至釋兔罝之詩，則曰天下有道，則公侯能爲民干城而制其腹心；亂則反之，略其武夫以爲己腹心股肱爪牙。其詩曰，公侯好仇（成十二年）。是引詩者與詩人之意，可以逕反乖剌也。」

此默深魏氏所謂興之所至，

魏源詩古微毛詩義例篇中。「賦詩與引詩者，詩因情及，雖取義微妙，亦止借詞證明。蓋以情爲主而詩從之，所謂興之所之也。（中略）興之所至，與近，則不必拘所作之人，所采之世。故其後爲詞賦之祖。」

實齋章氏所謂博比興之趣也。

章學誠答大兒貽選問：「如孝經引詩，劉向列女傳新序說苑韓嬰詩外傳以及匡衡王吉諸人奏疏引詩，釋義不拘舊訓。得此意者，讀詩能言，可以解脫無方，乃爲六義博比興之趣耳。」

又校讎通義十三之六。「韓嬰詩外傳，其文雜記春秋時事，與詩意相去甚遠，蓋爲比興六義博其趣也。」

古人諷詩之用，蓋若此。學者於此，固可以見風會之美，亦有以得學詩之法矣。

五　縱橫家爲詩教之流變

自賦詩引詩之風既盛，而詩之用乃益廣，於是一變而爲戰國之縱橫。此文章消長之機，亦世風升降之會也。昔韓非疾世，已文學與游談並譏；

韓非子五蠹篇：「上古競於道德，中世逐於智，謀當今爭於氣力。齊將攻魯，魯使子貢說之。齊人曰：子之言非不辯也，吾所欲者土地也，非斯言所謂也。遂舉兵伐魯，去門十里以爲界。故偃王仁義而徐亡，子貢辯智而魯削。以是言之，夫仁義辯智，非所以持國也。」

又曰：「儒以文亂法，俠以武犯禁，而人主兼禮之，此所以亂也。夫離法者罪，而諸先生以文學取；犯禁者誅，而羣俠以私劍養。故法之所非，君之所取；吏之所誅，上之所養也。法趣上下四相反也，而無所定，雖有十黃帝，不能治也。故行仁義者非所學，學之則害功；工文學者非所用，用之則亂法。」

又曰：「今人主之於言也，悅其辯而不求其當焉；其用於行也，美其聲而不責其功焉。是以天下之衆，其談言者，務爲辯而不周於用。故擧先王言仁義者盈廷，而政不免於亂。」

又曰：「其文學者，則稱先王之道以籍仁義，盛容服而飾辯說，以疑當世之法，而貳人主之心。其言談者，爲設詐稱借於外力，以成其私，而遺社稷之利。」

班固辨學，明行人乃從橫所自。

班固漢書藝文志：「從橫家者流，蓋出行人之官。孔子曰，誦詩三百，使於四方，不能專對，雖多，亦奚以爲？又曰，使乎使乎。言其當權事制宜受命而不受辭，此其所長也。及邪人爲之，則上詐諼而棄其信。」

至章實齋論詩教之流變，遂大暢厥旨。

章學誠文史通義詩敎上：「戰國之文，旣源於六藝，又謂多出於詩敎，何謂也？曰。戰國者，縱橫之世也。縱橫之學，本於古者行人之官，觀春秋之辭命，列國大夫聘問，諸侯出使專對，蓋欲文其言以達旨而已。至戰國而抵掌揣摩，騰說以取富貴。其辭敷張而揚厲，變其本而加恢奇焉，不可謂非行人辭命之極也。孔子曰，誦詩三百，授之以政，不達，使於四方，不能專對，雖多奚爲？是則比興之旨，諷諭之義，固行人所肄也。縱橫者流，推而衍之，是以能委折而入情，微婉而善諷也。九流之學，承官曲於六典，或原於書易春秋，其質多本於禮教，爲其體之有所該也。及其出而用世，必兼縱橫，所以文其質也。古之文質合於一，至戰國而各具之，質當其用也。必兼縱橫之辭以文之，周衰文弊之效也。故曰，戰國者，縱橫之世也。」

可謂辨文家之流別，通藝事之消息者矣。然而綜此三說，尙有可言者焉。蓋縱橫之習，實貫九流之才；行人之官，豈限一家之學？但求出使專對，不辱君命，抵掌騰說，權事制宜而已。

荀悅漢紀：「遊說之本，生於使乎四方，不辱君命，出境有可以安社稷，利國家，則專對解結。辭之繹矣，民之慕矣。以正行之者，謂之辨智。其失之甚者，主於爲詐，紿徒衆矣。」

其端已見於春秋之世，至戰國而成專門之學。

淮南子要略：「晚世之時，六國諸侯，谿異谷別，水絕山隔，各自治其境內，守其分地，握其權柄，擅其政令，下無方伯，上無天子，力征爭權，勝者爲右，恃連與國，約重致，剖信符，結遠援，以守其國家，持其社稷，故縱橫修短生焉。」

故子貢一出，存魯亂齊破吳强晉而霸越，此儒家之兼縱橫也；管子相齊，九合諸侯，一匡天下，不以兵車，此道家之兼縱橫也；

按管子八十六篇，漢志列道家。班固自注曰：「相齊桓公，九合諸侯，不以兵車。」史記管子列傳，稱管仲既任政於齊，齊桓公以霸。九合諸侯，一匡天下，管仲之謀也。則亦有縱橫家之風矣。」

墨子裂裳裹足，自魯至楚，以救宋難，此墨家之兼縱橫也。他如子產委蛇大國之間，以存鄭，固已擅捭闔揣摩之能矣。而孟子後車數十乘，從者數百人，歷聘齊梁之君，亦不無抵掌騰說之習。此數子者，皆長於詩學，故其辭令之美，擅名一時。

按孔子美子貢曰：「賜也始可與言詩已矣，告諸往而知來者。」史記仲尼弟子列傳曰：「子貢利口巧辭，孔子常黜其辯。」此子貢學詩能言之證也。趙岐孟子題辭曰：孟子治儒術之道，通五經，尤長於詩書。」又曰：「有風人之託物，二雅之正言，可謂直而不倨，曲而不屈，命世亞聖之大才者也。」又曰：「孟子長於譬喻，辭不迫切而意以獨至」。

此孟子學詩能言之證也。左傳載鄭伯享趙孟，六卿從宣子，子產皆賦詩。而其對晉人問陳罪之辭，孔子稱之曰：「志有之，言以足志，文以足言，不言，誰知其志？言之無文，行而不遠，晉爲伯，鄭入陳，非文辭不爲功，愼辭也。此子產學詩能言之證也。墨子之文雖質樸，而其書嘗引周詩，其止楚伐宋，辭亦嫺美，則亦墨子學詩能言之證也。太史公論管子曰：「語曰，將順其美，匡救其惡，故上下能相親也，豈管仲之謂乎？」而將順其美，匡救其惡，固詩家之長也。管子嘗有論詩精語曰：「凡人之生也，必以平正。所以失之，必以喜怒憂患。是故止怒莫若詩，去憂莫若樂。」則亦管子學詩能言之證也。

此外法家如韓非商鞅，名家如宋牼公孫龍，兵家如尉繚子之徒，莫不懷短長之策，逞馳辯之能，以干時君與國事。

按近人張爾田君，本章學誠之說，推論九流之學，用世必兼縱橫。嚮孟子歷聘齊梁，荀卿三爲祭酒，墨子胼胝以救宋，韓非說難以存韓，公孫龍說平原以止邯鄲之封，尉繚子說秦王以亂諸侯之謀，商君爭變法，李斯諫逐客，與結駟連騎，抵掌華屋者，無以異。可見縱橫一術，戰代諸子，人人習之，無足怪者，可謂通論。宋牼以弭兵之說，欲干齊楚之君。莊子天下篇與尹文子並論，漢志尹文列名家，宋子在小說家。當以名家為正。

不歷蘇秦張儀始然也。特以合從連衡為其政策，捭闔抵巇飛箝揣摩為其學術，自蘇張始。故得專縱橫之名，成一家之學耳。後人習聞蘇張之名，不辨縱橫之實，不知縱橫出於行人，不察九流皆長騁說，遂疑章氏出於詩教之言，而昧韓非並識文學之意，非通識矣。

六　論著文之肇興

立體次於詠歌，而為用毗於載記者，其論箸之文乎？上古淳樸，斯文未興，姬周以降，厥體漸著。彥和謂聖哲懿訓曰經，述經敍理曰論，斯乃尊聖之道，並崇其文也。若覈其實，則道沿聖以垂文，聖因文以明道。六經之中，豈少析理之文，玄聖之言？大氐原道之作，是以孔子學易，贊聖人之意難見。

易繫辭上：「子曰：『書不盡言，言不盡意。然則聖人之意，其不可見乎？』」

子夏誦書，嘆帝王之道廣深。

尚書大傳：「子夏讀書畢，見於夫子。夫子問焉，『子何爲於書？』子夏對曰：『書之論事也，昭昭如日月之代明，離離若參辰之錯行，上有堯舜之道，下有三王之義。商所受於夫子，志之於心，弗敢忘也。』」

苟非神理不窮，安能鑽研彌永邪？流風被於戰國，百家競作，異學爭鳴。斯事之興，有如雲起。凡所撰箸，莫非論者。世人徒以莊周齊物，子秉堅白，孫卿禮樂，不韋春秋，皆署論名，遂專此號，非體要矣。蓋論者，綸也，輪也，理也，次也，撰也。經綸世務曰論，圓轉無窮曰輪，蘊含萬理曰理，篇章有序曰次，羣賢集定曰撰。

邢昺論語正義：「論者，綸也、輪也、理也、次也、撰也。此書可以經綸世務，故曰論也。圓轉無窮，故曰輪也；蘊含萬理，故曰理也；篇章有序，故曰次也；羣賢集定，故曰撰也。」

本斯五義，論箸之用，廣博可知。是以彥和衡其條流，乃著八品。

劉勰文心雕龍論說篇：「詳觀論體，條流多品。陳政則與議說合契；釋經則與傳注參體；辨史則與贊評齊行；銓文則與敘引共紀。故議者宜言；說者說語，傳者轉師，注者主辭，贊者明意，評者平理，序者次事，引者胤辭。八名區分，一揆宗論。論也者，彌綸羣言，而研精一理者也。」

識鑒之精，後來鮮及。迨夫內部寖微，文集承變。論名既專，其義始隘。亦猶賦之爲用，廣被衆製。而屈宋之作，乃擅賦名，所謂以貌取人，失之子羽者也。

七 諸子文學之影響

諸子者，六藝之支流，

班固漢書藝文志：「諸子十家，其可觀者，九家而已。皆起於王道既微，諸侯力政。時君世主，好惡殊方。是以九家之說，蠭出並作。各引一端，崇其所善，以此馳說取諸侯，其言雖殊，辟猶水火，相滅亦相生也。仁之與義，敬之與和，相反而皆相成也。易曰，天下同歸而殊塗，一致而百慮。今異家者各推其所長，窮知究慮，以明其指。雖有蔽短，合其要歸，亦六經之支與流裔。」

劉勰文心雕龍諸子篇：「然繁辭雖積而本體易總，述道言治，枝條五經。」

章學誠文史通義詩教上：「老子說本陰陽，莊列寓言假象，易教也。鄒衍侈言天地，關尹推衍五行，書教也。管商法制，義存政典，禮教也。申韓刑名，旨歸賞罰，春秋教也。其他楊墨尹文之言，蘇張孫吳之術，辨其源委，挹其旨趣，九流之所分部，七錄之所敘論，皆於物曲人官，得其一致，而不自知為六典之遺也。」

按劉向校諸子，多稱其合於六經。今考別錄所言，於申子，則曰申子之學，號曰刑名。刑名者，循名以責實，合於六經也。於晏子，則曰其書六篇，皆忠諫其君，文章可觀，義理可法，皆合六經之義。於管子，則曰凡管子書務富國安民，道約而言要，可以曉合經誼。於列子，則曰及其治身接物，務崇不競，合於六經，皆諸子為六藝支流之證也。

文章之淵藪也。

劉勰文心雕龍諸子篇：「研夫孟荀所述，理懿而辭雅。晏管屬篇，事覈而言練。列禦寇之書，氣偉而采奇。鄒子之說，心奢而辭壯。墨翟隨巢，意顯而語質。尸佼尉繚，術通而文鈍。鶡冠綿綿，亟發深言。鬼谷眇眇，每環奧義。情辨以澤，文子擅其能。辭約而精，尹文得其要。慎到析密理之巧，韓非著博喻之富，呂氏鑒遠而體周，淮南汎採而文麗。斯則得百氏之華采，而總辭氣之大略也。」（總辭氣原作辭氣，文疑誤，以意政之。）

章學誠文史通義詩教上：「後世之文集，舍經義與傳記論辨之三體，其餘莫非辭章之屬也。而辭章實備於戰國，承其流而代變其體制焉。（中略）今即文選諸體，徵戰國之賅備，京都諸賦，蘇張縱橫六國，侈陳形勢之遺也。上林羽獵，安陵之從田，龍陽之同釣也。客難解嘲，屈原之漁父卜居，莊周惠施問難也。韓非儲說，比事徵偶，連珠之所肇也，而或以爲始於傅毅之徒，非其質矣。孟子問齊王之大欲，歷舉輕煖肥甘，聲音采色，七林之所啓也，而或以爲創之枚乘，忘其祖矣。鄒陽辨謗於梁王，江淹陳辭於建平，蘇秦之自解，忠信而獲罪也。過秦王命六代辨亡諸論，抑揚往復，詩人諷諭之旨，孟荀所以稱述先王，儆時君也。淮南賓客，陳徐應劉，徵逐於鄴下，談天雕龍之奇觀也。」

而昭明選之，乃謂老莊管孟之流，不以能文爲本，略而弗錄。

昭明太子蕭統文選序。「老莊之作，管孟之流，蓋以立意爲宗，不以能文爲本。今之所選，又亦略諸。」

是蓋不知文之涵義，有非純取藻績者矣。且自官守降爲私學，著述之風彌烈。觀其含章抱質，莫非絕世之才，霞蔚雲蒸，已極一時之盛。舍道言文，亦壯闊矣！是以文心備論九流，著其華采，曉嵐詆爲闌入，豈知言哉？

紀昀評文心雕龍諸子篇：「此亦泛述成篇，不見發明。蓋子書之文又各自一家，在此書原爲闌入，故不能有所發揮。」

至於楚漢辭賦，乃縱橫之代變；

詳見後。

魏晉名理，實名法之中興；

詳見後。

墨經精辨，導因明之先路；

按墨經上下，先賢所以析辭正名之術也，與印度因明近世論理之學同趣。

成相婉諷，范彈詞之初型。

按荀子書有成相篇。楊倞注曰：「漢書藝文志謂之成相雜辭，蓋亦賦之流也。或曰，成功在相，故作成相三章。底文引曰，成相之義，非謂成功在相也，篇內但以國君之愚闇爲戒耳。禮記治亂以相，相乃樂器，所謂舂牘。又古者瞽必有相，審此篇音節，卽後世彈詞之祖。篇首卽稱如瞽無相何倀倀，義已明矣。首句請成相，言請奏此曲也。漢書藝文志成相雜辭十一篇，惜不傳。大約託於瞽矇諷誦之詞，亦古詩之流也。」

凡斯之類，又舍人論列所未及矣。而道家玄談，尤羣言之所滋潤，尋其影響，直與儒釋二宗，鼎峙而三，鬱爲文家之奇采焉。

按我國文家內蘊之精神，其大源有三。一曰儒家，六經是也。二曰道家，老莊是也。三曰釋家，西域經論是也。釋家影響文學之處，詳見後。

蓋其越世之談，遺物之趣，曠達之識，淡泊之風，與千古文心，同符合契。是以歷代作者，每涉亂離，輒寄情玄遠。多經憂患，則傾志虛無。觀休文仲偉之論，知老莊之旨，尤衰世所尚矣。

沈約宋書謝靈運傳贊。「有晉中興，玄風獨扇，爲學窮於柱下，博物止乎七篇。馳騁文辭，義殫於此。」

鍾嶸詩品序：「永嘉時貴黃老，稍尚虛談。於時篇什，理過其辭，淡乎寡味。爰及江表，微波尙傳。孫綽許詢桓庾諸公，詩皆平典似道德論，建安風力盡矣。」

按道家宗旨，極合於衰世文人心理。故江左之士篤好玄言，至以之入詩，爲之太過，遂來平典之誚。然古來大家如淵明靈運太白香山東坡山谷之儔，大都寄情莊老，特非質言玄理，如孫許輩耳。

況論著之事，漢魏以降，沿流繼作者，其風不衰邪？他若退之之取法孟子，子厚之矜式韓非，明允之雜以蘇張，子瞻之兼師莊子。後來評文之士，所以探索於神貌之間者，又其細焉者矣。

姚鼐古文辭類纂序目：「論辨類者，蓋源於古之諸子，各以所學著書詔後世，孔孟之道與文至矣。自老莊以降，道有是非，文有工拙。今悉以子家不錄，錄自賈生始。蓋退之之著論，取於六經孟子，子厚取於韓非賈生，明允雜以蘇張之流，子瞻兼及莊子。學之至善者神合焉，善而不至者貌存焉。」

然則彥和所謂覽華而食實，棄邪而採正，極睇參差，亦學家之壯觀者，不其然乎？

八　戰代文學風氣有三大宗主

戰國晚季，學術宗主，大別之有三。而文學風氣亦同其塗軌焉。

（一）曰齊風。稷下諸子，談天雕龍之徒，其最著也。以理智爲主，長於辨析推衍，而其失則鶩於虛，以浮夸譎誕相尚，國卒以不競。

司馬遷史記孟子荀卿列傳：「齊有三騶子，其前鄒忌，以鼓琴干威王，因及國政，封爲成侯而受相印，先孟子。其次騶衍，後孟子。騶衍睹有國者益淫侈不能尚德，若大雅整之於身施及黎庶矣。乃深觀陰陽消息，而作怪迂之變，終始大聖之篇，十餘萬言。其語閎大不經，必先驗小物，推而大之，至於無垠。先序今以上，至黃帝，學者所共術，大並世盛衰，因載其禨祥度制，推而遠之，至天地未生，窈冥不可考而原也。先列中國名山大川通谷禽獸水土所殖，物類所珍，因而推之及海外人之所不能睹。稱引天地剖判以來，五德轉移，治各有宜，而符應若茲，以爲儒者所謂中國者於天下乃八十一分居其一分耳。（司馬貞索隱曰。桓寬王充並以衍之所言，迂怪虛妄，熒惑六國之君，因納其異說，所謂匹夫而熒惑諸侯也。）中國名曰赤縣神州，內自有九州，禹之序九州是也，不得爲州數，中國外，如赤縣神州者九，乃所謂九州也，於是有裨海環之。人民禽獸莫能相通者，如一區中者乃爲一州，如此者九，乃有大瀛海環其外。天地之際焉，其術皆此類也，然要其歸必止乎仁義節儉，君臣上下六親之施，始也濫耳。王公大人初見其術，懼然顧化，其後不能行之，是以騶子重於齊。」又曰、自騶衍與齊之稷下先生如淳于髡愼到環淵接子田駢騶奭之徒，各著書言治亂之事，以干世主，豈可勝道哉？又曰、騶奭者齊諸騶子，亦頗采騶衍之術以紀文，於是齊王嘉之。自如淳于髡以下、皆命曰列大夫，爲開第康莊之衢，高門大屋，尊寵之，覽天下諸侯賓客言，齊能致天下賢人也。又曰、騶衍之術，迂大而閎辯，奭也文具難施，淳于髡久與處，時有得善言，故齊人頌曰談天衍，雕龍奭，炙轂過髡。」

劉向別錄：「騶衍之所言，五德終始，天地廣大，書言天事，故曰談天。騶奭修衍之文，飾若雕鏤龍文，故曰雕龍。又曰、過字作輠，輠者車之盛膏器也，炙之雖盡，猶有餘流者，言淳于髡智不盡，如炙輠也。又曰、齊有稷門，城門也，談說之士，期會於稷下也。」

劉向新序：「齊稷下先生喜議政事，騶忌既爲齊相，稷下先生淳于髡之屬七十二人，皆輕騶忌，以爲設以微辭，騶忌必不能及，乃相與俱往見騶忌。淳于髡之徒禮倨，騶忌之禮卑，髡于淳等稱辭，騶忌知之如應響。淳于髡等辭屈而去，騶忌之禮倨，淳于髡之禮卑。」

張守節史記正義，引魯連子云：「齊辯士田巴，服狙丘，議稷下，毀五帝，罪三王，訾五伯，離堅白，合同異，一日服千人。有徐劫者，其弟子曰魯仲連，年十二，號千里駒，往請田巴曰，臣聞堂上不糞，郊草不芸，白刃交前，不救流矢，急不暇緩也。今楚軍南陽，趙伐高唐，燕人十萬，聊城不去。國亡在旦夕，先生奈之何！若不能者，先生之言，有似梟鳴，出聲而人皆惡之，願先生勿復言。田巴曰、謹聞命矣。巴謂徐劫曰、先生乃飛兔也，豈直千里駒，巴終身不談。」

司馬遷史記田完世家：「宣王喜文學游說之士，自如騶衍淳于髡田駢接子愼到環淵之徒七十六人，皆賜列第，爲上大夫，不治而議論。是以齊稷下學士復盛，且數百千人。按自魏文侯好學喜士，師事卜子夏，段干木田子方李克之徒，皆集於魏。其後列國紛爭，諸侯卿相尤爭致游士，而齊威王宣王兩世皆好士，故士之游齊爲最盛。

其閒如魯仲連則儒家，環淵（即漢志涓子）田駢接子（即漢志捷子）則道家，鄒衍鄒奭則陰陽家，愼到則法家，此外如孟子荀子尹文宋牼公孫龍子皆曾客齊，亦稷下之士也。觀魯仲連說田巴之語，知其後習爲諔詭而不切於實用，故齊稱東帝，未久而衰，蓋亦夸誕之失也。」

（二）曰楚風。屈荀詞賦，其最著也。其後則有宋玉唐勒景差之流，以情感爲主，長於敷陳諷諭，而其失則從容婉順，不能直諫，悲傷慘沮，能感人之情，而不能强人之志，而楚亦衰矣。

司馬遷史記屈原賈生列傳：「屈平疾王聽之不聰也，讒諂之蔽明也，邪曲之害公也，方正之不容也，故憂愁幽思而作離騷。」又曰，「屈原既死之後，楚有宋玉唐勒景差之徒者，皆好辭，而以賦見稱。然皆祖屈原之從容辭令，終莫敢直諫。其後楚日以削，數十年，竟爲秦所滅。」

班固漢書藝文志：「大儒孫卿及楚臣屈原，離讒憂國，皆作賦以諷，咸有惻隱，古詩之義。」

按荀子入楚兩爲蘭陵令，劉向別錄稱荀子遺春申君書，刺楚國，因爲歌賦以遺春申君，國策及韓詩外傳並載其詞，即今荀子書中賦篇佹詩後小歌，漢志有孫卿賦十篇，今存禮知雲蠶箴五賦，合佹詩一篇，成相五篇（據胡元儀郇卿別傳異說），其數與漢志正同，疑皆入楚後作。王應麟困學紀聞，謂荀子不苟篇「新浴者振其衣，新沐者彈其冠，人之情也。其誰以己之僬僬，受人之掝掝者哉，」用屈原漁父文？因荀子適楚，在屈原後也。今案荀子家蘭陵二十餘年，蘭陵人喜之，生兒喜字爲卿，其習於楚人之風，亦可信也。

（三）曰秦風。秦人崛起西垂，政務實利，學主調和，商鞅呂不韋，其最盛也。其後則有李斯，以志意爲主，長於指陳利害，無齊之閎辯而檢練過之。異楚之華贍而深切可觀，其失則刻酷寡恩，所謂政無膏潤，形於篇章也。雖多戡定禍亂之功，殊少開國恢宏之象，宜其享國之不永也。

按秦人任法，法家志意堅決，其文深刻檢練，商君之書是也。又戰國諸子爭鳴，觝異百出，秦人始有調和之論。故班孟堅謂雜家兼儒墨，合名法，知國體之有此，見王治之無不貫。考漢志所載春秋戰國雜家之書六家，除伍子胥子晚子外，由余則秦穆公時大夫，尉繚子則劉向別錄稱其爲商君學，尸子則班固自注謂爲商君之師，劉向別錄謂爲秦相衞鞅客，衞鞅商君謀事畫計，立法理民，未嘗不與佼規也。呂氏春秋，則注謂秦相呂不韋輯智略士所作，此可見秦人之尚調和矣。至尉繚子尸佼，一則爲商君之學，一則爲商君之師，而漢志商君在法家，其故亦可得而言。蓋法家重實行，其爲政必兼取諸家之長而用之，而雜家之所學，適爲集合儒墨名法之長而究其通者，此所以尤近法家，而秦之能兼幷六國，其故亦在此。

彥和衡論文運升降之故，於戰國文學，極稱齊楚，而獨不數秦，殆亦以此少之歟？

劉勰文心雕龍時序篇：「春秋以後，角戰英雄，六經泥蟠，百家飆駭。方是時也，韓魏力政，燕趙任權，五蠹六蝨，嚴於秦令。唯齊楚兩國頗有文學，齊開莊衢之第，楚廣蘭臺之宮，孟軻賓館，荀卿宰邑，故稷下扇其清風，蘭陵鬱其茂俗，鄒子以談天飛譽，騶奭以雕龍馳響，屈平聯藻於日月，宋玉交彩於風雲。」

按彥和於詮賦篇曰：「秦世不文，乃有雜賦。」於奏啓篇曰：「秦始立奏，而法家少文。觀王綰之奏勳德，辭質而義近。李斯之奏驪山，事略而意誣（原作逕。此從太平御覽），政無膏潤，形於篇章矣。」於封禪篇曰：「秦王銘岱，文自李斯，法家辭氣，體之弘潤，大都以法家之辭，質直嚴酷，而少之也。然李斯諫逐客一書，亦辨麗可觀，則又縱橫之餘習矣。且斯楚上蔡人也，然則此書殆猶楚風歟？」又按太史公曰：「三晉多權變之士，夫言從衡彊秦者，大抵皆三晉人也。是三晉之士，以從衡著稱，然蘇秦兄弟乃周人，又從衡之士，游說諸侯，不皆聚於三晉，故不若齊楚之自成風氣，而平原門下之士，大都游俠之流，其間如公孫龍之徒，亦非以從橫名者，惟虞卿為縱橫之士。太史公稱其書上採春秋，下觀近世，曰節義稱號揣摩政謀凡八篇，以刺譏國家得失，世傳之曰虞氏春秋。漢志，虞氏春秋二十五篇，則列儒家。今其書已佚，無從考鏡其說，附論於此。又鄒魯諸生，當此時不周於世用，大氐抱遺經以終身，亦有聞稷下之風而悅之者。故班固敍漢代儒林，尚有魯學齊學之目也。

九　楚辭為賦家之祖

自南音闕響，

呂氏春秋音初篇：「禹行功，見塗山之女，禹未之遇而巡省南土，塗山氏之女乃命其妾候禹於塗山之陽。女乃作歌曰。候人兮猗。實始作南音。」

楚風不作。

按詩三百篇無楚風。說者以爲楚地僻遠，言語不與中國同，輶人採風所未及，故不陳於太史也。

鬻熊遺美，邈焉無徵。

按漢志道家有鬻子二十二篇，班固自注、名熊，爲周師，自文王以下問焉，周封爲楚祖。文心雕龍諸子篇曰：「鬻熊知道，文王咨詢，遺文餘事，錄爲鬻子。」蓋書出後人，非由熊手。然征楚邦文獻，要自鬻熊始也。

屈子襲蘭茝之奇芳，懷瑰琰之麗質，抱匡濟之高志，遭流放之幽憂，行吟荒澤，眷念宗邦。其不能自己之情，與無可告愬之語，一託之於文辭以見，遂能承風人之緒，開辭家之宗，而爲百代之儀表焉。

劉勰文心雕龍辨騷篇：「自風雅寢聲，莫或抽緒，奇文鬱起，其離騷哉？固已軒翥詩人之後，奮飛辭家之前，豈去聖之未遠，而楚人之多才乎？」

其學識之正，則就重華而敶詞，述三后之純粹，思堯舜之耿介，陳禹湯之祇敬。

按離騷曰：「濟沅湘而南征兮，就重華而敶詞。」又曰：「昔三后之純粹兮，固衆芳之所在。」又曰：「彼堯舜之耿介兮，既遵道而得路。」又曰：「湯禹儼而祇敬兮，周論道而莫差。」大都稱道帝王之道，以求君之自省。故太史公稱其上稱帝嚳，下道齊桓，中述湯武，以刺世事。明道德之廣崇，治亂之條貫，靡不畢見，可以見其學術之純正矣。

言契經典，體符詩雅。

王逸楚辭章句：「夫離騷之文，依託五經以立義焉。帝高陽之苗裔，則詩厥初生民，時維姜嫄也。紉秋蘭以爲佩，則將翺將翔，佩玉瓊琚也。夕攬洲之宿莽，則易潛龍勿用也。駟玉虬以乘鷖，則易時乘六龍以御天也。就重華而敶詞，則尚書咎繇之謀謨也。登崑崙而涉流沙，則禹貢之敷土也。」

劉勰文心雕龍辨騷篇：「及漢宣嗟歎，以爲皆合經術，揚雄諷味，亦言體同詩雅。」又曰：「將覈其論，必徵言焉。故其陳堯舜之耿介，稱禹湯（原作湯武據離騷改）之祇敬，典誥之體也。譏桀紂之猖披，傷羿澆之顚隕，規諷之旨也。虬龍以喻君子，雲蜺以譬讒邪，比興之義也。每一顧而掩涕，歎君門之九重，忠怨之辭也。觀茲四事，同乎風雅者也。」

蓋亦遠契鄒魯之儒風，近異南邦之玄尚者矣。

按朱子楚辭集注序曰：「原之爲人，其志行雖或過於中庸，而不可以爲法。然皆出於忠君愛國之誠心。原之爲書，其辭旨雖或流於跌宕怪神，怨懟激發，而不可以爲訓。然皆生於繾綣惻怛不能自已之至意。雖其不知學於北方，以求周公仲尼之道，而獨馳騁於變風變雅之末流，以故醇儒莊士或羞稱之。然使世之放臣屏子怨妻去婦，抆淚謳吟於下，而所天者幸而聽之，則於彼此之間，天性民彝之善，豈不足以交有所發，而增夫三綱五典之重？此予之所以每有味於其言，而不敢直以詞人之賦視之也。」此以屈原未聞儒家之道而少之者也。近人劉申叔謂：「屈子瑰意奇行，超然高舉。厭世之思，符於莊列。樂天之旨，近於楊朱。推其原流，實本於道家」。二說皆未足以得屈子之至。朱子之說，在宋儒中，已爲平正通達之論矣。大氐宋儒好以理論文，不知文章之發，往往有情或失中而理實無害者，但發乎情而止乎禮義，斯可也。今觀朱子之論，亦謂屈子之文皆生於繾綣惻怛不能自已之至意，則發乎情矣。又謂可以增三綱五典之重，不敢以詞人之賦視之，則止乎禮義矣。然則屈子蓋亦聞儒家之風，而誦六藝之文者也，安見其未聞周公仲尼之道哉？至近人疑屈子爲道家者流，則孟子所謂以辭害志者也。考離騷一篇，近道家之言者，爲女嬃之辭，蓋責其不能和光同塵也。而原答辭一則曰，依前聖以節中，再則曰，就重華而敶詞，三則曰，惟聖哲之茂行，四則曰，覽余初其未悔。其效法前修寧死不渝之志甚明，道家者流豈若是哉？又漁父一篇，漁父諷屈子之辭，尤爲道家精意。所謂聖人不凝滯於物而能與世推移，亦即老子和光同塵之旨。而屈子則以寧赴湘流，葬於江魚之腹中，不能以皎皎之白，蒙世俗之塵埃相答，漁父所以莞爾笑之也。此與楚狂接輿長沮桀溺之譏孔子何異？然則屈子蓋反道家者流矣，安得爲道家哉？且即此二節觀之，屈子學識之正愈可見。何以言之，蓋老莊之學，盛於南國，其末流，則爲隱遯之士，置國家理亂於不顧，以圖獨善其身，此與屈子行義不符。觀太史公稱原爲左徒，博聞彊志，明於治亂。入則與王圖議國事，以出號令，出則接遇賓客，應對諸侯，其忠貞勤勉若此。故招同列之忌，而來伐功之譏也，豈有樂山棲谷汲之人而肯爲此者乎？其文辭設爲女嬃漁父之言者，正以見其不屑爲此，而愈明其悲天憫人之情也。安可以所設之辭，為屈子之本意哉。至遠游辭旨曠達，多燕齊方士之說，尤與屈子行義不類，殆漢人之作，其賈誼東方朔之儔歟？

其情感之厚，則閔椒蘭，傷荃蕙，哀民生，悲遲暮，歎靈璅之修遠，矢九死而無他。

按離騷曰：「余以蘭為可恃兮，羌無實而容長。委厥美而從俗兮，苟得列乎衆芳。椒專佞以慢慆兮，樧又欲充夫佩幃。既干進而務入兮，又何芳之能祗？固時俗之流從兮，又孰能無變化。覽椒蘭其若茲兮，又況揭車與江離。」王逸注，蘭指司馬子蘭，椒指大夫子椒也。若然，則屈子罪之之切，正其愛之之深，閔之之甚也。又曰：「蘭芷變而不芳兮，荃蕙化而為茅。」則傷君子之易節也。又曰：「長太息以掩涕兮，哀民生之多艱。」則念亂之情也。又曰：「惟草木之零落兮，恐美人之遲暮。」則憂君之詞也。又曰：「欲稍留此靈璅兮，日忽忽其將暮。吾令羲和弭節兮，望崦嵫而勿迫。路曼曼其修遠兮，吾將上下而求索。」則太史公所謂雖放流，睠顧楚國，繫心懷王，不忘欲反，冀幸君之一悟，俗之一改也。又曰：「余雖好修姱以鞿羈兮，謇朝誶而夕替。既替余以蕙纕兮，又申之以攬茝。亦余心之所善兮，雖九死其猶未悔，則詩人所謂之死矢靡他也。善夫叔師之言曰，且人臣之義，以中正爲高，以伏節爲賢。故有危言以存國，殺身以成仁。是以伍子胥不恨於浮江，比干不悔於剖心，然後德立而行成，榮顯而名稱。若夫懷道以迷國，佯愚而不言，顛則不能扶，危則不能安，婉娩以順上，逡巡以避患，雖保黃耇，終壽百年，蓋志士之所恥，愚夫之所賤也。屈原寧死勿去之心，此數語盡之矣。」

固已具小雅之義，兼變風之情矣。

司馬遷屈原列傳：「屈平之作離騷，蓋自怨生也。國風好色而不淫，小雅怨誹而不亂。若離騷者，可謂兼之矣。」

朱熹楚辭集注：「凡其寓情草木，託意男女，以極游觀之適者，變風之流也。敍事陳情，感今懷昔，不忘君臣之義者，變雅之類也。」

而其樹高風，振頹俗者，尤在不忍輕離之一念。此馬遷之所以追敍其生平，而低徊不已也。

按太史公曰：「余讀離騷天問招魂哀郢，悲其志，適長沙，觀所自沈淵，未嘗不垂涕，想見其爲人。及見賈生弔之，又怪屈原以彼其材，游諸侯，何國不容，而自令若是？讀鵩鳥賦，同死生，輕去就，又爽然自失矣。」竊嘗紬繹子長之意，蓋以戰國游士如蘇張之流，秦不能用，則之齊之楚，以屈子之才，何國不可得志？而甯死不去，此世俗所不解者。故於屈傳之後，附以賈生鵩賦。鵩賦多道家言，有同死生、輕去就之義。屈子非不知此，特以宗臣之義，與國同休戚，故不爲耳。子長所以讀鵩賦而爽然自失者，殆以此歟？

苟非命世之英傑，安能卓犖若此哉？至其文采縱橫，亦轢古籠今，百世無匹。觀其假象之瑰麗，取境之幽異，鑄詞之奇偉，敷采之凄艷，可以感天地，可以動鬼神，昔人傳其篇成鬼哭，精靈所感，事或然歟？

沈亞之屈原外傳：「原因棲玉笥山，作九歌，託以風諫。至山鬼篇成，四山忽啾啾若啼嘯，聲聞十里外，草木莫不萎死。」

雖曰接軌風人，實已別啓土宇矣。彥和謂屈子之文，體憲於三代，風雜於戰國，知言哉。而或者以爲楚俗好巫，故屈辭多怪，識見凡下，抑何可笑。若夫離騷之麗雅，東皇之典則，湘君之縹緲，山鬼之靈奇，天問之環譎，九章之明切，九辯之悽縟，莫不因情立體，即體成勢，所謂玉水方流，璇源圓折者也。而淺人以此訝之，謂非一手之作，斯又斥鷃之詫大鵬也矣。

按屈原所作。漢志但稱二十五篇。今洪興祖補注本離騷第一、九歌十一篇第二、天問第三、九章九篇第四、遠游第五、卜居第六、漁父第七。朱子集傳宗之，謂二十五篇之旨至純，有古詩之義。宋玉以下，則辭人之賦矣。然太史公曰：「余讀離騷天問招魂哀郢，悲其志。」彥和論屈子之文：「摘其四事異乎經典，而士女雜坐等句出招魂篇中。」是彥和與太史公皆以招魂爲屈子之作矣。曹子建陳審舉表引屈平曰：「國有驥而不知乘兮云云。」出九辯中。陳振孫書錄解題有古本楚辭釋文一卷，其篇第首離騷，次九辯，次九歌。而洪興祖據王注九章云皆解於九辯中，知古本九辯在前，吳至父因此疑爲屈子之文，謂九辯九歌兩見 騷天問，皆取古樂章爲題。明是一人之作，是九辯爲屈子之作矣。王逸大招章句曰：「大招者屈原之所作也。或曰景差，疑不能明也。」又惜誓章句曰「惜誓者不知誰所作也。或曰賈誼，疑不能明也。」宋晁無咎則謂大招古奧，疑原作。姚寬則謂惜誓盡斂原意。末云鸞鳳之高翔，見盛德而後下，爲賈誼弔屈原文鳳凰翔于千仞兮覽德輝而下之二句所本。是大招惜誓是否屈子之作，尙未可定矣。」又洪興祖曰：「子雲作畔牢愁，亦有惜誦至懷沙，吳至父據此疑懷沙以後不盡屈子之詞。曾文正公則疑惜往日乃後人僞託。吳摯父推闡其說，謂此篇前有遂自忍而沈淵，卒沒身而絕名二句，後有不畢辭而赴淵兮，惜壅君之不識二句，似非屈子自語。又悲回風通篇皆敘屈子憤懣自沈，而驟諫君而不聽兮，任重石之何益二句，乃歎其死之無益，亦豈屈子所自爲？是九章九篇，亦非可盡屬屈子矣。故古來數二十五篇者，說至歧異。余意九辯古本列辭二，極可注意。叔師注本尚未改，故有皆解於九辯中之說。細翫此文辭意，以屈子自道爲當。考九章述南行時令，自夏徂秋，始至遷所。此文多悲秋傷離之情，當是初涉荒遠，感時而作。叔師既以屬之宋玉，又曰、閔其師忠而放逐，故作九辯以述其志。豈亦以辭類自述故云然邪？設以陳思所引，九辯屬之屈子，當無可疑。招魂辭極瓌麗，自是宋玉之作。世徒以史遷一言，遂疑出屈子所作。然太史公書，疏而不密。如漁父、盜跖，胠篋，非莊子作，而史遷亦漫不分別，何獨於此致疑？或謂屈子別有招魂，史遷時尚未佚去，說亦難信。又有以大招當之者，然大招明是漢人擬作，叔師疑爲景差，亦恐未然。惜誓辭意頗近鵩賦，賈作無疑。惟九歌名九，而爲篇十一。說者雖以九非記篇數爲辭，然叔師於禮魂注中，明言祠祀九神。國殤乃人鬼，自不應入數。文選獨缺此與禮魂，未必盡以文論，或其所見本有不同耳。國殤明屬招戰死者之魂之詞，殆即太史公所讀之招魂也。九章前五篇爲原作，無可疑者。其後四篇，子雲不擬，洪說可信。吳曾致疑殊有理。其遠游一篇，思理殊不類屈子，而彌近賈生。卜居漁父，旣屬楚人序辭相傳自非屈子所作，皆不應屬屈子。惟時世綿邈，載籍多佚，古書篇第，亦難臆說。如求近是，則離騷一，九辯九，九歌九，天問一，九章五，國殤一，共得二十六篇而已。

及其徒宋玉之爲，益以恣縱。雖能挹靈芬，振奇采，而情志靡勝，與物婉轉，諷一而勸百。

張惠言七十家賦鈔序：「其志潔，其物芳，其道杳冥而有常，則屈平之爲也。與風雅爲節，渙乎若翔風之運輕赮，麗乎若元泉之出乎蓬萊而注渤澥。及其徒宋玉景差爲之，其趣也華然，其文也縱而後反。雖然，其與物推拍，宛轉冷汰，其義觳觫於物，芴芴乎古之徒也。」

故子長論其從容，

司馬遷屈原列傳：「屈原旣死之後，楚有宋玉唐勒景差之徒，皆好辭，而以賦見稱。

然皆祖屈原之從容辭令，終莫敢直諫。」

按史遷之言，並指宋玉唐勒景差。今唐勒之賦已亡，即世傳景差大招一篇，其辭旨亦不如招魂。故洪興祖謂自漢以來，靡麗之賦，勸百而諷一，其流至於齊梁而極矣。皆自宋玉倡之也。

孟堅謂其侈麗，

班固漢書藝文志，宋玉唐勒：「漢興，枚乘司馬相如，下及楊子雲，競爲侈麗閎衍之辭，沒其風諭之義，是以楊子悔之曰：詩人之賦麗以則，辭人之賦麗以淫。」

仲治病其淫浮，

摯虞文章流別論：「前世爲賦者，有孫卿屈原，尚頗有古詩之義，至宋玉則多淫浮之病矣。」

士安論其誇競，

皇甫謐三都賦序：「是以孫卿屈原之屬，遺文炳然，辭義可觀，存其所感，咸有古詩之意，皆因文以寄其心，託理以全其制，賦之首也。及宋玉之徒，淫文放發，言過於實，誇競之興，體失之漸，風雅之則，于是乎乖。」

彥和稱其暐燁，

劉勰文心雕龍時序篇：「屈平聯藻於日月，宋玉交彩於風雲，觀其豔說，則籠罩雅頌，故知暐燁之奇意，出乎縱橫之詭俗也。」

按彥和此論，雖兼包屈宋。然暐燁奇意出乎縱橫之俗，要以宋玉爲多。合馬班仲治之說觀之，可知也。

所謂辭人之賦也。然其材藝之美，揚馬莫追，靈均以來，一人而已。惟楚多才。儻其然乎？

附　孫梅松友楚辭作家略錄（見四六叢話卷五）

屈原　名平楚之同姓也爲懷王左徒上官大夫譖之憤而作離騷（史記）

宋玉　原弟子有集一卷與屈並稱於世（直齋書錄解題）

淮南王安　作內篇及離騷傳（漢書）

朱買臣　言楚詞說春秋（同上）

被公　宣帝時人能爲楚辭（同上）

劉向　集楚辭十七卷（直齋書錄解題）

揚雄　作反離騷及廣騷又旁惜誦以至懷沙一卷名畔牢愁（漢書）

王逸　著楚辭章句行世（後漢書）

梁竦　作悼騷賦（同上）

應奉　著感騷三十篇（同上）

郭璞　注楚辭十卷（唐志）

楊穆　著楚辭九悼一卷（隋志）

皇甫遵訓　參解楚辭七卷（同上）

徐邈　楚辭音一卷（同上）

宋處士諸葛氏　楚辭音一卷（同上）

孟奧　楚辭音一卷（同上）

釋道騫　道騫能爲楚聲音韻清切至今傳楚辭者皆祖騫公之音（同上）

劉杳　著離騷草木疏二卷（同上）

無名氏　著離騷釋文一卷（直齋書錄解題）

洪興祖　楚辭考異一卷（同上）

晁補之　重定楚辭十六卷續楚辭二十卷變離騷二十卷（同上）

周紫芝　楚辭贅說四卷（同上）

朱熹　楚辭集註八卷辯證二卷又有楚辭後語六卷（同上）

林應辰　著龍岡楚辭說五卷（同上）

黃伯思　校定楚辭十卷翼騷一卷洛陽九詠一卷（同上）

呂成公　離騷章句一卷（郡齋讀書志）

林至　楚辭補音一卷（直齋書錄解題）

王勉　楚辭章句二卷楚辭釋文一卷離騷約一卷（宋藝文志）

吳仁傑　著離騷草木蟲魚疏四卷（四庫全書目錄）

十　嬴秦統一與文學

嬴政席累世之餘威，承六國之積弊，用斯高之法制，棄文周之典型，雖其統一之業，赫然一時，而開創之基，未能宏遠。秦仲之祀，忽然遂斬，後人追論秦過，莫不歸罪李斯之燔書。竊嘗考其用意，蓋亦病夫戰國末俗，而思有以濯盪剷除之者。故其厭私學之橫議也，遂主學由官守。惡道古之害今也，遂欲法夫後王。燔書一奏，意自明白也。

按太史公秦始皇本紀曰：「三十四年，始皇置酒咸陽宮，博士七十人前爲壽。僕射周青臣頌秦功德，以爲廢諸侯爲郡縣，傳之萬世，無戰爭之患，上古之所不及。而博士淳于越則以爲非不師古，未能長久，於是始皇下其議。丞相李斯乃上書曰，古者天下散亂，莫之能一，是以諸侯並作，皆道古以害今，飾虛言以亂實。人善其私學，而相與非法教人。聞令下則各以其學議之，入則心非，出則巷議，夸主以爲名，異取以爲高，率羣下以造謗，如此弗禁，則主勢降乎上，黨與成乎下，禁之便。臣請史官非秦紀皆燒之。非博士官所職，天下敢有藏詩書百家語者，悉詣郡守雜燒之。有敢偶語詩書，棄市，以古非今者族，吏見知不舉者與同罪。令下三十日不燒，黥爲城旦。所不去者，醫藥卜筮種樹之書。若欲有學法令，以吏爲師。」李斯傳亦載此書。禁之便下：「作臣請諸有文學詩書百家語者蠲除之。令到滿三十日弗去，黥爲城旦。所不去者，醫藥卜筮種樹之書。若欲有學者，以吏爲師。始皇可其議，收去詩書百家之語，以愚百姓，使天下無以古非今。明法度，定律令，皆以始皇起。同文書，治離宮別館，周徧天下，明年又巡狩，外攘四夷，斯皆有力焉。」觀此，則燔書之禍，蓋起於變古泥古之爭。李斯之奏，有可留意者五事，其所譏之古，蓋指戰國之際，一也。其非私學而主以吏為師，即欲反於學在王官之制，二也。其說以師今而不學古為主，即荀卿法後王之意，三也。其銷除文學詩書百家語，即韓非詬病文學游談之意，四也。其曰道古害今，虛言亂實，則深中戰國末俗之弊，而思有以矯正之，五也。綜而論之，大氐自王官失守，學散私門以來，各據所學以相爭，初猶學術思想之異，後乃及於政治法制，而末流拘泥褊陋，往往失其本師精意，遂為世所詬病，此荀卿韓非所以皆思有以擴清之也。特其位卑權輕，不能見諸實行。李斯以丞相之尊，藉開國之勢，自可肆意為之，故有此嚴峻之令。揣其用意，雖不主學古，實欲返於私學未興之初。獨惜其所學，乃補偏救弊之術，不足以供創業垂統之用。故於立國本根無所建樹，而始皇所為，如土木之煩，巡行之擾，與夫黷武求仙之夸誕，斯不但不能匡正，且與有力焉，是以弊未去而亂已作也。

其風及於文學，遂亦矯焉自異。是以李斯王綰之作，銘金刻石之文，嚴峻渾重、曠世無兩。雖乏弘潤，殊有霸才。申耆李氏謂其辭氣，便欲破除詩書，自作古始，信矣！

班固漢書藝文志春秋家，有奏事二十篇。自注，秦時大臣奏事及刻石名山文也。沈欽韓曰：「泰山刻石，一琅琊刻石，二之罘刻石，三東觀刻石，四碣門刻石，五會稽刻石，六二世元年東行郡縣所刻石。南至會稽，而盡刻始皇所立刻石之旁，著大臣從者名，以章先帝成功盛德焉。丞相斯請具刻詔書，刻石凡七也。」本紀二十八年，上鄒嶧山立石，不載其辭。

按彥和論秦文，多貶辭，而獨稱始皇勒岳，政暴而文澤，有疏通之美。李申耆評泰山刻石，謂秦相他文無不詄麗。頌德立石，一變爲樸渾，知體要也。其詞其氣，便欲破除詩書，自作古始。今觀刻石各文，渾重之外，殊有法家嚴峻之氣。彥和許其文澤，似未盡當。申耆謂爲樸渾，亦對斯他文詄麗而言耳。惟其破除詩書自作古始之論，獨具卓識。大氐李斯初亦不無戰國策士之習，及統一功成，遂有變俗更新之意，故於金石文字尤致意焉。

至於漢志所著雜賦，

按班志賦家，有秦時雜賦九篇，次荀卿賦後，當亦效物之體。彥和詮賦，謂秦世不文，頗有雜賦。本此。

史記所稱仙詩，

司馬遷史記秦始皇本紀：「始皇不樂，使博士為僊眞人詩。及行所游天下，傳令樂人歌弦之。」按劉勰文心雕龍明詩篇曰：「秦王滅典，乃造仙詩。本此。」

篇章久佚，莫由尋討。揣其氣體，亦必不同往製，然則嬴秦短祚，實其變古開今之才。假令享國長久，未必便蒙不文之誚也，此則論世之士所當垂意者也。

十四朝文學要略

卷二　漢至隋

一　辭賦蔚蒸之因緣

漢承秦火之後，周文久墜，楚豔方盛。立國之初，王伯並用。大氐政承秦制，文尚楚風。故辭賦之士，蔚然雲起。彥和所謂循流而作，勢固宜矣。

劉勰文心雕龍詮賦篇：「漢初詞人，循流而作：陸賈扣其端，賈誼振其緒，枚馬同其風，王揚騁其勢。臯朔已下，品物畢圖。繁積於宣時，校閱於成世。進御之賦，千有餘首。討其源流，信興楚而盛漢矣。」

雖然，探其本源，厥有二故：（一）者裁抑游說之習，使縱橫之士折入辭賦也。觀高祖之論侯公，慢酈生，罵陸賈，固猶韓非李斯之志也；

司馬遷史記項羽本紀：「漢遣陸賈說項王，請太公，項王弗聽。漢王復使侯公往說項王，項王乃與漢約，中分天下，割鴻溝以西者爲漢，鴻溝而東者爲楚，項王許之，即歸漢王父母妻子，軍中皆呼萬歲。漢王乃封侯公爲平國君，匿弗肯復見。曰：此天下辯士，所居傾國，故號爲平國君。」

又酈生傳：「沛公麾下騎士，適酈生里中子也。沛公時時問邑中賢士豪俊。騎士歸，酈生見謂之曰：吾聞沛公慢而易人，多大略，此眞吾所願從游。莫爲我先之！若見沛公謂曰：臣里中有酈生，年六十餘。長八尺人皆謂之狂生，生自謂我非狂生。騎士曰：沛公不好儒，客冠儒冠來者，沛公輒解其冠溲溺其中。與人言，常大罵，未可以儒生說也。酈生曰：第言之。騎士從容言如酈生所誡者。沛公至高陽傳舍，使人召酈生。酈生至，入謁。沛公方倨牀，使兩女子洗足而見酈生。」

又陸賈傳：「陸生時時前說稱詩書。高帝罵之曰：迺公居馬上而得之，安事詩書？」

而武帝之詔嚴助，

班固漢書嚴助傳：「上問所欲。對曰：願爲會稽太守。於是拜爲會稽太守，數年不聞問。賜書曰：制詔會稽太守，君厭承明之廬，勞侍從之事，懷故土，出爲郡吏。

會稽東接於海，南近諸越，北枕大江，間者闊焉久不聞問。具以春秋對，毋以蘇秦縱橫。助恐，上書謝。」

按嚴助曾南說南越王，又與淮南相結。而會稽與淮南近，助獨求其地，故詔書詰責之，而助亦恐懼，其後卒以交私諸侯棄市。蓋統一之朝，自不容長短馳說也。

衛綰之論賢良：

班固漢書武帝本紀：「建元元年冬十月。詔丞相御史列侯中二千石二千石諸侯相舉賢良方正直言極諫之士。丞相綰奏所舉賢良或治申商韓非蘇秦張儀之言，亂國政，請皆罷。奏可。」

尤爲深切著明。蓋修短之說，自不容於一統之朝也。然西京辭人，自陸賈以降，大都襲戰國之餘習，學百家之雜言，固縱橫馳說之士也。

按史稱陸賈名爲有口辯士，居左右，常使諸侯。賈誼頗通百家之書，其欲試屬國，施五餌三表以係單于，亦縱橫之意也。東方朔上書陳農戰彊國之計，其言專商鞅韓非之語，指意放蕩，頗復恢諧。司相如從游說之士齊人鄒陽淮陰枚乘吳嚴忌夫子之徒，相如見而悅之，因病免客游梁。於此可見漢初辭人之學術風尚矣。

漢志賦區四種，實齋未詳其義例。

章學誠校讎通義：「詩賦一略，區爲五種。而每種之後，更無敍論。不知劉班之所遺邪？抑流傳之脫簡邪？今觀屈原賦二十五篇以下，共二十家爲一種；陸賈賦三篇以下共二十一家爲一種；孫卿賦十篇以下，共二十五家十一種。名稱相同，而區種有別，當日必有其義例。今諸家之賦，十逸八九，而敍論之說，闕焉無聞。非著錄之遺憾歟？」

近世太炎章氏嘗求其故，以爲屈原言情，孫卿效物，陸賈以下，蓋縱橫之變也。然漢志儒家首冠陸賈，後列莊助，則又何說？而嚴忌鄒陽，漢史同稱說士。志列鄒書於縱橫，綴嚴賦於屈後，亦非可解。大氏縱橫入賦，乃漢世之風會，固源於詩教之流變，亦本於六義之附庸。四家區分，未必在此。

章炳麟國故論衡辨詩：「七略次賦爲四家，一曰屈原賦，二曰陸賈賦。三曰孫卿賦，四曰雜賦。屈原言情，孫卿效物，陸賈賦不可見，其屬有朱建嚴助朱買臣諸家，蓋縱橫之變也。」

按章氏辨詩篇又曰：「雖然，縱橫者，賦之本。古者誦詩三百，足以專對。七國之際，行人胥附，折衝于尊俎間。其說恢張譎宇，紬繹無窮，解散賦體，易人心志。

魚豢稱魯連鄒陽之徒，援譬引類，以解紛結，誠文辯之雋也。武帝以後，宗室削弱，藩臣無邦交之禮，縱橫既黜，然後退爲賦家。則亦豈前之區分，未必允當，故又爲此通貫之論也。又按張惠言七十家賦鈔序，謂屈賦出於風雅，荀賦源於禮經。於賦家流別，論之至精。屈荀分家，或即因此。然屈子本人，卽合從一派，未可專以縱橫屬陸賈諸家。大氐漢人效騷之賦，七略卽系之屈原後，亦猶集楚辭之意歟？且漢賦出於楚騷，而益加恢宏，豈非以賦之爲體，本分形於風雅，同氣於六義。楚人已大啓塗軌，後世遵循較易耶？」

（二）者帝王好尚之篇，故侍從之臣皆長文學也。高祖以武定亂，未遑修文；文景崇尚虛無，不喜辭賦。是以雖陸賈奏書，

班固漢書陸賈傳：「高帝謂賈曰：試爲我著秦所以失天下，吾所以得之者，及古成敗之國。賈凡著十二篇。每奏一篇，高帝未嘗不稱善，左右呼萬歲，稱其書曰新語。」

賈誼進策，

按賈誼有陳政事疏：論積貯、請封建子弟、諫封淮南四子等疏。班固賈誼傳贊曰：

「劉向稱賈誼言三代與秦治亂之意，其論甚美，通達國體，雖古之伊管未能遠過也。」

鼂錯陳事，

按鼂錯有言兵事、論守邊備塞、論募民徙塞下、論貴粟等疏。史稱其學申商刑名於軹張恢生所。班固鼂錯傳贊、謂鼂錯銳於爲國，遠慮而不見身害。

賈山上言，

班固漢書賈山傳：孝文時言治亂之道，借秦爲諭。名曰至言。

采壯辭高，名聲籍甚，大氐皆指切時事之言，不以辭賦見重也。

按漢志陸賈有賦三篇，今亡；賈誼有賦七篇，今存者：王應麟考證曰：惜誓、弔屈原、鵩賦。古文苑有旱雲虡賦。朱建有賦二篇，今亡。三子生於漢初，皆因沿楚風而作，兼有戰代縱橫之意，非關時主好尚也。

論漢代辭賦之盛，侯國則有吳梁淮南，先後媲美；

班固漢書鄒陽傳：「鄒陽、齊人也。漢興諸侯王皆自治民，聘賢。吳王濞招致四方游士，陽與吳嚴忌枚乘等俱仕吳，皆以文辯著名。」

又梁孝王武傳：「梁最親，有大功，又爲大國，居天下膏腴地。北界泰山，西至高陽，四十餘城，多大縣。孝王太后少子，愛之，賞賜不可勝道，於是孝王築東苑，方三百餘里，廣睢陽城七十里，大治宮室，爲複道，自宮連屬於平臺，三十餘里，得賜天子旌旗，從千乘萬騎，出稱警，入言蹕，儗於天子，招延四方豪傑，自山東游士，莫不至，齊人羊勝、公孫詭、鄒陽之屬。」

又司馬相如傳：「相如以貲爲郎，事孝景帝，爲武騎常侍，非其好也。會景帝不好辭賦，是時梁孝王來朝，從游說之士齊人鄒陽、淮陰枚乘、吳嚴忌夫子之徒，相如見而說之，因病免。客游梁，得與諸侯游士居，數歲，乃著子虛之賦。」

按漢初諸侯王皆好養士，蓋猶承戰之餘風。梁以平吳之功，得封大國，寵貴尤甚。文學侍從之盛，遂極一時。西京雜記載孝王游於忘憂之館，集諸游士各使爲賦，枚乘爲柳賦，路喬如爲鶴賦，公孫詭爲文鹿賦，鄒陽爲酒賦，公孫乘爲月賦，羊勝屏爲屏賦，韓安國爲几賦，不成，鄒陽代作，各罰酒三升，賜枚乘路喬如絹人五疋。此雖出於小說家言，當時文酒縱橫之盛況，亦可想見矣。

按漢志有枚乘賦九篇。莊夫子賦二十四篇。班固自注、名忌。吳人。沈欽韓疏證曰，楚詞章句。王逸云：哀時命者，嚴夫子之所作也。

又淮南王安傳：「淮南王安、爲人好書古琴，不喜弋獵狗馬馳騁。亦欲以行陰德，拊循百姓，流名譽。招致賓客方術之士數千人，作爲內書二十一篇，外書甚衆。又有中篇八卷，言神仙黃白之術，亦二十餘萬言。時武帝好藝文，以安屬爲諸父，辯博善爲文辭，甚尊重之。每爲報書及賜，帝召司馬相如等視草，迺遣。初安入朝，獻所作內篇新出，上愛秘之，使爲離騷傳，旦受詔。日食時上，又獻頌德及長安都國頌。」

又伍被傳：「伍被、楚人也。以材能稱，爲淮南中郎。是時淮南王安好術學，折節下士。招致英雋以百數，被爲冠首。」

高誘淮南子敘：「初安爲辨達，善屬文。皇帝爲從父，數上書招見。孝武皇帝甚重之，詔使爲離騷賦。自初受詔，日早食已，上愛而秘之。天下方術之士，多往歸焉。於是遂與蘇飛李尚左吳田由雷被毛被伍被晉昌等八人，及諸儒大山小山之徒，共講論道德，總統仁義，而著此書。」

按漢志有淮南王八十二篇，周壽昌補注曰：北堂書鈔一百三十五、御覽七百十二、引劉向別錄云。淮南王有熏籠賦，古文苑有屏風賦，又有淮南王羣臣賦四十四篇。

王應麟考證曰。楚詞招隱士、淮南小山之所作也。淮南王安招致賓客，客有八公之徒，分造詞賦，以類相從，或稱大山，或稱小山，如詩之有大小雅。

王朝則自建元以後，彬彬始盛；

班固漢書嚴助傳：「嚴助、會稽吳人，嚴夫子子也。或言族家子也。郡舉賢良對策百餘人，武帝善助對，繇是獨擢助爲中大夫。後得朱買臣吾丘壽王司馬相如主父偃徐樂嚴安東方朔枚皋膠倉終軍嚴葱奇，並在左右。」又曰：「其尤親幸者東方朔枚皋嚴助吾丘壽王司馬相如。」

又司馬相如傳：「蜀人楊得意爲狗監，侍上。上讀子虛賦而善之，曰：朕獨不得與此人同時哉！得意曰：臣邑人司馬相如自言爲此賦。上驚，迺召問相如。相如曰：有是。然此迺諸侯之事，未足觀，請爲天子游獵之賦。上令尚書給筆札。」

按漢志有司馬相如賦二十九篇、吾丘壽王賦十五篇、枚皋賦百二十篇，常侍莊忽奇賦十一篇、嚴助賦三十五篇、朱買臣賦三篇，又有上所自造賦二篇。撰作之富，甲於一代，即此可見風會之美矣。

降及成世，奏御之賦，千有餘篇，今雖不盡存，而繁積極矣。

班固兩都賦序：「武宣之世，乃崇禮官，考文章，內設金馬石渠之署，外致樂府協律之事，以興廢繼絕，潤色鴻業。是以衆庶悅豫，福應尤盛。白麟赤雁芝房寶鼎之歌，薦於郊廟。神雀五鳳甘露黃龍之瑞，以爲年紀。」故言語侍從之臣，若司馬相如虞邱壽王東方朔枚臯王褒劉向之屬，朝夕論思，日月獻納。而公卿大臣，御史大夫兒寬、太常孔臧、太中大夫董仲舒、宗正劉德、太子太傅蕭望之等，時時間作。或以抒下情而通諷諭，或以宣上德而盡忠孝，雍容揄揚，著於後嗣，抑亦雅頌之亞也。故孝成之世，論而錄之。蓋奏御者、千有餘篇，而後大漢之文章炳，焉與三代同風。仲舒按漢志賦共七十八家、一千零四篇。去屈原唐勒宋玉孫卿秦時雜賦五家、六十四篇。西漢賦共七十三家、九百四十篇。知志所遺者尚多：如東方朔、董之作，志皆不載，是也。

嘗試求其所由，固帝王夸侈之心，有以感召；而於時天下殷實，人物豐阜，中於人心，自然闓肆而侈麗。而賦之爲物，以鋪張揚厲爲體，適足以發舒其精神，於是內外相應，心文交需，而此體之昌，遂乃籠罩千古。是知文體之興，作家之盛，其間關係，至繁且鉅，非偶然也。

二 兩京賦體之流別及其作家之比較

昔昭明選文，騷賦異卷；彥和論藝，別賦於騷；而班志藝文，但稱屈賦，不名楚騷。嘗思其故，蓋蕭劉別其流而班氏窮其源耳。然則論漢賦之流別者，此其大界矣。故子政裒集漢代辭人依放騷體之作，都爲一集，賈誼而下，共錄六家，叔師又益以己作。

四庫全書總目提要：「初劉向裒集屈原離騷九歌天問九章遠游卜居漁父、宋玉九辯招魂、景差大招，而以賈誼惜誓、淮南小山招隱士、東方朔七諫、嚴忌哀時命、王褒九懷，及向所作九歎，共爲楚辭十六篇，是爲總集之祖。逸又益以己作九思。」

皆朱子所謂出於幽憂窮蹙怨慕凄涼之意者。大都漢人以此體爲賦家正宗，故辭人才士，莫不躡跡靈均，求其矩矱。然自王褒以下，頗嫌優孟衣冠；雖子雲好奇，欲與古爭勝，反而廣之，亦乏異采。蓋造父已導夫先路，後有良御，終不能出其馳驅。故欲觀漢賦之美者，當於其變，不於其正也。考騷之變賦，不自漢人。荀宋之作，已肇其始。故彥和究賦之本原，謂荀宋始錫名號，極聲貌；

劉勰文心雕龍詮賦：「於是荀況禮智，宋玉風鈞。爰錫名號，與詩畫境。六義附庸，蔚成大國。述客主以首引，極聲貌以窮文。斯蓋別詩之原始，命賦之厥初也。」

畧文論賦之流別，謂相如以下，多出於荀宋。

按張惠言七十家賦鈔序，衡論漢魏六代賦家流別，至爲精當。所論兩漢著名賦家八，出於荀卿者二家：曰孔臧，曰司馬遷；出於宋玉者四家：曰司馬相如、曰揚雄、曰張衡，曰王延壽；出於司馬相如者一家、曰班固，惟賈誼一家、直出屈平。其略曰：剛志決理，輐斷以爲紀，內而不汙，表而不著，則荀卿之爲也。其原出於禮經。樸而飾，不斷而節。及孔臧司馬遷爲之，章約句制，奡不可理。其辭深，而指文。確乎其不頗者也。又曰：諧而不觚，盡而不溷，肆而不衍，比物而不醜，其志潔，其物芳，其道杳冥而有常，則屈平之爲也；與風雅爲節，渙乎若翔風之運輕赧，灑乎若元泉之出乎逢萊而注渤澥。及其徒宋玉景差爲之，其質也華然，其文也縱而復反。雖然其與物椎拍，宛轉冷汰，其義殺梾於物，芴芴乎古之徒也。又曰：其趣不兩，其與物無劈，若枝葉之附其根本，則賈誼之爲也，其原出於屈平，斷以正誼，不由其曼，其氣則引費而不可執，循有樞，執有廬，頡滑而不可居，開決宦矣而與萬物都，其終也忽奐，而明紳爲之毀，則司馬相如之爲也，其原出於宋玉；揚雄恢之，脊入竅出，緣督以及節，其超軼絕塵而奐之控也，其波駭石罵而沒乎其無垠也。張衡盱盱，塊若有餘。上與造物爲友，而下不遺埃壒。雖然，其神也充，其精也茶。及王延壽張融爲之，傑格拮搬，鉤孑菽牿，而俶詭可觀。其於宗也無蛻也，本敝通洞，博厚而中，大而無瓠，孫而無弧，指事類情，必偶其徒，則班固之爲也，其原出於相如；而要之使夷；昌之使明。據此、則漢賦之大原有二：其一屈平，其初出於詩；其一荀況，其初出於禮。屈平一派，復分而二：其一爲宋玉之淫麗，其一爲賈誼之清粹。而宋玉一派，再流而爲相如之瑰麗，爲子雲之深瑋，爲平子之博贍，爲文考之穎秀，爲孟堅之明雅，此其大略也。

然漢代辭人，祖荀者少，宗宋者多，此則賦之爲體，本風雅之嫡傳，非禮經之胤嗣也。且自宋玉以淫麗開宗，後來作者，務爲侈衍，文心所屆，彌以廣大。

班固漢書揚雄傳：「雄以爲賦者、將以風也。必推類而言。極麗靡之辭，閎侈鉅衍。競於使人不能加也。」

是以述邑居則有憑虛無是之作；戒畋遊則有長楊羽獵之制；圖物色則有皦月旱雲之篇；狀音樂則有洞簫長笛之頌；孟堅平子，抒幽玄之思；枚乘延壽，摛刻畫之巧；皋朔之作；騁荒唐之觀；子雲之才，極模擬之致。所謂賦家之心，苞括宇宙，總覽人物者，非虛語也。

西京雜記：「司馬相如為上林子虛賦，意思蕭散，不復與外事相關。控引天地，錯綜古今，忽然如睡。煥然而興，幾百日而後成。其友人盛覽字長通，牂牁名士。嘗問以作賦，相如曰：合纂組以成文，列錦繡而為質。一經一緯，一宮一商，此賦之迹也。賦家之心，苞括宇宙，總覽人物。斯乃得之於內，不可得而傳。」

至兩京之彥，玄晏序列者七子；

皇甫謐三都賦序：「逮漢賈誼，頗節之以禮。自時厥後，綴文之士，不率典言，並務恢張其文，博誕空類。大者罩天地之表，細者入毫纖之內。雖充車聯駟，不足以載，廣夏接棟，不容以居也。其中高者，至如相如上林、楊雄甘泉、班固兩都、張衡二京，馬融廣成，王生靈光，初極宏侈之辭，終以約簡之制。煥乎有文，蔚爾鱗集，皆近代辭賦之偉也。」

舍人揚搉者八家，可謂斯體之典型，才人之軌範，合以臬文之所評騭，亦可以得其要略也。

劉勰文心雕龍詮賦：「觀夫荀結隱語，事數自環；宋發夸談，實始淫麗；枚乘兔園，舉要以會新；相如上林，繁類以成豔；賈誼鵩鳥，致辨於情理；子淵洞簫，窮變於聲貌；孟堅兩都，明絢以雅贍；張衡二京，迅拔以宏富；子雲甘泉，構深瑋之風。延壽靈光，含飛動之勢。凡此十家，並辭賦之英傑也。」按此所舉十家，去荀宋二家，皆兩京之彥也。

雖然，兩京之作，風尚各殊。衡而論之，大氐西京多開創之才，東京具依放之性；西京氣體高古，殊有遠致，東京才力富贍，彌以整練；西京如天馬之行空，東京則王良之攬轡。此其天機人事之間，蓋有不可強者，要亦未可以一概論也。

若夫子雲之所譏彈，

揚雄法言吾子篇：「或曰，賦可以諷乎？曰：諷乎？諷則已。不已，吾恐不免於勸也。或問景差唐勒宋玉枚乘之賦也，益乎？曰：必也淫。淫則奈何？曰：詩人之賦麗以則，辭人之賦麗以淫。如孔氏之門用賦也，則賈誼升堂，相如入室矣。如其不用何？」

孟堅之所品列，

班固漢書藝文志：「春秋之後，周道寖壞。聘問歌詠，不行於列國。學詩之士，逸於布衣，而賢人失志之賦作矣。大儒孫卿，及楚臣屈原，離讒憂國，皆作賦以諷，咸有惻隱古詩之義。其後宋玉唐勒，漢興枚乘司馬相如，下及揚子雲，競為侈麗閎衍之辭，沒其諷諭之義。」

仲治之所衡論，

摯虞文章流別論論賦：「古之作詩者，發乎情，止乎禮義。情之發，因辭以形之。禮義之指，須事以明之，故有賦焉。所以假象盡辭，敷陳其志。古詩之賦，以情義為主，以事類為佐。今之賦，以事形為本，以義正為助。情義為主，則言省而文有例矣。事形為本，則言富而辭無常矣。文之煩省，辭之險易，蓋由於此。夫假象過大，則與類相遠；選辭過壯，則與事相違；辯言過理，則與義相失。麗靡過美，則與情相浮。此四過者，所以背大體而害政教。是以司馬遷割相如之浮說，揚雄疾辭人之賦麗以淫。」

則又一代得失所關。雖相如之才，不能免焉。蓋日中則仄，月盈則虧，當中與盈之時，已具仄與虧之勢矣。此文章消長之公例，不廑賦家爲然也。

三　賦家之旁衍

自卜居漁父肇對問之端，宋玉因之，辭設客主，所以首引文致也。於是有對問之作，招魂大招，極鋪排之觀。枚乘演之，解散篇章，所以暢發文勢也，於是有七發之體。

按七之爲體，彥和謂枚乘首製，寶齋謂肇自孟子之問齊王，近世章太炎獨以爲解散大招招魂之體而成。今覈其實，文體孳乳，必於其類近。孟子問齊王之文意雖近似，而文製相遠。大招招魂，歷陳宮室食飲女樂雜技游獵之事，與七發體類最近。特枚乘演爲七事，散著短章耳。今從太炎說。

韓非儲說，著連語之文。揚雄飾之，比事徵偶，所以宣究文趣也，於是有連珠之篇。

楊愼云：李延壽北史李先列傳：魏帝召先讀韓子連珠論二十二篇，卽韓非子。韓非書中有連語，先列其目，而後著其解，謂之連珠。章實齋亦謂韓非儲說，爲此體之所始。蓋其體頗同，特子雲加以藻飾之辭，不指說事情，而設喩以達旨爲異耳。又傅玄敍連珠曰：所謂連珠者，興於漢章之世。班固賈逵傅毅三子，受詔作之。實齋已非之，今從楊章之說。

茲三體者，舍人目爲雜文，系諸儷辭之末。以爲文章之枝派，暇豫之末造也。然覈其託體之初，固皆賦家之所洋溢。又其作者遙起，轉輾因襲，遂亦盛極一時。文心所評，最爲允當。

劉勰文心雕龍雜文：「自對問之後，東方朔效而廣之，名爲客難，託古慰志，疎而有辨；揚雄解嘲，雜以諧謔，迴環自釋，頗亦爲工；班固賓戲，含懿采之華；崔駰達旨，吐典言之式；張衡應閒，密而兼雅；崔實客譏，整而微質；蔡邕釋誨，體奧而文炳；景純客傲，情見而采蔚。雖迭相祖述，然屬篇之高者也。至於陳思客問，辭高而理疎；庾敳客咨，意榮而文悴。斯類甚衆，無所取裁矣。○按彥和所評。自景純而下，皆魏晉以後作者。

按子雲解嘲，說文氏部引稱雄賦。則解嘲一體，在漢時固亦名賦也。

又自七發以下，作者繼踵。觀枚氏首唱，信獨拔而偉麗矣。及傅毅七激，會清要之工；崔駰七依，入雅博之巧；張衡七辨，結采綿靡；崔瑗七厲，指義純正；陳思七啓，取美於宏壯；仲宣七釋，致辨於事理。自桓麟七說以下，左思七諷以上，枝附影從，十有餘家。或文麗而義暌，或理粹而辭駮，觀其大抵所歸，莫不高談宮館，壯語畋獵，窮瑰奇之服饌，極蠱媚之聲色，甘意搖骨髓，豔詞洞魂識。雖始之以淫侈，而終之以居正。然諷一勸百，勢不自反。子雲所謂先騁鄭聲，曲終而奏雅者也。唯七厲敍賢，歸以儒道。雖文非拔羣，而意實卓爾矣。○按陳思以下，亦覽姿之論也。

又自連珠以下，擬者間出：杜篤賈逵之曹，劉珍潘勖之輩，欲穿明珠，多貫魚目。可謂壽陵匍匐，非復邯鄲之步；里醜捧心，不關西施之嚬矣。唯士衡思新文敏，而裁章置句，廣於舊篇，豈慕朱仲四寸之璫乎？○按陸機之作曰演連珠，都五十首，故彥和曰廣於舊篇。

然觀漢人他製，亦多敷布之體，不僅茲三體爲然。蓋感物之心，所包既廣；而造端之才，亦爲用日宏。旁衍所至，遂及他品，勢所宜然。故用之符命，即有封禪典引之文；

章炳麟國故論衡辨詩：「縱橫既黜，然後退爲賦家，時有解散。故用之符命，即有封禪典引；用之自述，而答客解嘲興。文辭之繁，賦之末流爾也。」

用之述哀，即有弔屈悼李之作；

劉勰文心雕龍哀弔：「自賈誼浮湘，發憤弔屈。體同而事覈，辭清而理哀。蓋首出之作也。及相如之弔二世，全爲賦體。桓譚以爲其言惻愴，讀者歎息。及卒（原作平據唐本改）章要切，斷而能悲也。」○按曰體同者，謂其同於屈賦也。故漢書謂誼渡湘水爲賦以弔屈原，而武帝悼李夫人亦用賦體也。

又或與箴頌合流，

按漢書陳遵傳：成帝令雄作酒箴。王先謙曰：史索隱引作酒賦，蓋在賦家十二篇中。又曹子建酒賦序曰：余覽揚雄酒賦，辭甚瑰瑋。書鈔，藝文類聚，初學記，御覽引之，並作酒賦。此箴與賦通名之證也。馬融長笛賦序曰：追慕王子淵枚乘劉伯康傅武仲等簫琴笙頌，唯笛獨無。故聊復備數，作長笛頌。何義門曰：古人賦頌通爲一名。馬融廣成，所言者田獵，然何嘗不題曰頌。揚之羽獵，亦有遂作頌曰之文。

按不歌而頌謂之賦，故亦名頌。王褒洞簫，漢書謂之頌。又漢志賦家有李思孝景皇帝頌十五篇，賦亦稱頌。其源蓋出於橘頌，不但可以通名，實亦成於敷布也。

或將論說同駕。

按賈誼過秦論，項安世已謂爲賦體。而文選設論一目，卽客難賓戲解嘲之文，後人每嗤昭明妄立名目。然觀漢書朔傳，有因著論設客難已，用位卑以自慰諭之語。則設論之目，未爲不典。至說之爲體，原出於游士之說諸侯，固賦家之濫觴。彥和所謂縱橫參謀，長短角勢，亦此體之所宜也。

凡斯之類，率名異而實同。夫文體之爲物，或滋乳而寖多，或蕃衍而益大。苟覈之以實質，參之以世風，自不難知其正變，通其消息也。雖或義雜泛濫，跡同伎軼，君子於此，蓋有以覘賦家之隆盛矣。

按彥和覈論文體正變，最有分際。故於弔文，則曰：弔雖古義。而華辭未造。華過韻緩，則化而爲賦。於頌文，則曰：馬融之廣成東巡，（原作上林誤）雅而似賦。何弄文而失質乎？

四　漢樂府三聲之消長

自秦人滅典，樂經不傳。六代廟樂，唯存韶武。

馬端臨文獻通考樂考一：「秦始皇平天下，六代廟樂，唯韶武存焉。二十六年，改周大武曰五行，房中曰壽人，衣服同五行樂之色。」

於是周官大司樂所掌，缺焉不備，而古先哲王所以感天地，通神明，安萬民，成性類之用，但能存諸想象。

班固漢書禮樂志：「故樂者，聖人之所以感天地，通神明，安萬民，成性類者也。」

然而先朝雅樂，此其僅存，故制氏猶能紀其鏗鏘，

班固漢書禮樂志：「漢興，樂家有制氏，以雅樂聲律世世在大樂官。但能紀其鏗鏘鼓舞，而不能言其義。服虔曰：制氏，魯人。善樂事也。」

劉勰文心雕龍樂府：「秦燔樂經，漢初紹復。制氏紀其鏗鏘，叔孫定其容典。於是武德興於高祖，四時廣於孝文。雖摹韶夏，而頗襲秦舊。中和之響，闃其不還。」

叔孫尙得因以制作。

班固漢書禮樂志：「高祖時，叔孫通因秦樂人制宗廟樂，大祝迎神於廟門，奏嘉至，猶古降神之樂也。皇帝入廟門，奏永至。（王念孫漢書雜志曰：永乃禮設。漢紀作禮至，是也。）以為行步之節，猶古采薺肆夏也。乾豆上，奏登歌，獨上歌，不以管絃亂人聲，欲在位者徧聞之，猶古清廟之歌也。登歌再終，下奏休成之樂，美神明既饗也。皇帝就酒東廂，坐定，奏永安之樂，美禮已成也。」（按漢志於嘉至永至登歌，皆比傅古樂為說，獨休成永安不言。故服虔於休成之樂注曰：叔孫通所奏作，永安當亦同之。是叔孫通前三篇乃因襲古樂章而作，後二篇為所自制。

而孝文時樂人竇公所獻，

班固漢書藝文志：「六國之君，魏文侯最為好古。孝文時，得其樂人竇公獻其書，乃周官大宗伯之大司樂章也。」

孝武時河間儒生所采，義數亦略備矣。

班固漢書藝文志：「武帝時，河間獻王好儒，與毛生等共采周官及諸子言樂事者，以作樂記。獻八佾之舞，與制氏不相遠。」

所謂雅聲樂也。高祖之歌大風，懷其舊俗；

班固漢書禮樂志：「初，高祖既定天下，過沛，與故人父老相樂。醉酒歡哀，作風起之詩，令沛中僮兒百二十人習而歌之。」

唐山之作祠樂，樂其所生。雖楚國之流風，亦南音之嗣響矣。

班固漢書禮樂志：「又有房中祠樂，高祖唐山夫人所作也。周有房中樂，至秦名曰壽人。凡樂樂其所生，禮不忘本。高祖樂楚聲，故房中樂楚聲也。孝惠二年，使樂府令夏侯寬備其簫管，更名曰安世樂。」

所謂楚聲樂也。

按史記高祖本紀，裴駰集解，引風俗通義曰：漢書注，沛人語初發聲皆言其。其者楚言也。高祖始登帝位，教令言其，後以為常爾。據此，則漢初習用楚言，不止樂章為然也。

及至孝武，席文景富庶之業，國力盛強。於是內惑方術而祠祀繁興，外事四夷而交通彌廣。夸侈之心，既緣飾為辭賦；荒淫之意，更萌兆於樂章。今考當日樂府所掌，既已非同舊制，

按漢書禮樂志。孝惠二年，已有使樂府令夏侯寬備其簫管之文。而下文又曰：乃立

樂府。後人遂疑樂府之立，不始於武帝。李林則謂爲兩收而未貫通，義門則謂樂府令疑作大樂令。今考百官公卿表：奉常，掌宗廟禮儀，屬官有大樂令丞。少府，掌山海池澤之稅，以給供養。（續志曰。掌中服御諸物，衣服寶貨珍膳之屬。）屬官有樂府令丞。二官判然不同。蓋郊祀之樂，舊隸大樂。樂府所掌，不過供奉帝王之物，侔於衣服寶貨珍膳之次而已。與武帝以俳優畜皋朔之事，同出帝王夸侈荒淫之心。義門之說是也。

而協律之事，遂亦盛極往時。或采四方歌謠，

班固漢書藝文志：「自孝武立樂府而采歌謠，於是有代趙之謳，秦楚之風，皆感於哀樂。緣事而發，亦可以觀風俗，知薄厚云。」

或取辭人新製，

班固漢書禮樂志：「至武帝定郊祀之禮，祠太一於甘泉，就乾位也。祭后土於汾陰，澤中方丘也。乃立樂府，采詩夜誦。有趙代秦楚之謳，以李延年爲協律都尉，多舉司馬相如等數十人造爲詩賦，略論律呂，以合八音之調，作十九章之歌。」又李延年傳：「是時上方興天地諸祠，欲造樂，令司馬相如等作爲詩頌。（漢代賦

頌通稱，故禮樂志作詩賦。）延年輒承意絃歌所造詩，爲新聲變曲。」

又外戚傳：「初夫人兄延年，性知音，善歌舞。武帝每爲新聲變曲，聞者莫不感動。延年侍上起舞。歌曰：北方有佳人，絕世而獨立。一顧傾人城，再顧傾人國。甯不知傾城與傾國，佳人難再得。」

或因胡曲更造，音聲曲度，迥異周秦，所謂新聲樂也。

按武帝時，新聲樂又有因胡曲更造者，漢志不載，見於晉書樂志曰：「胡角者本以應胡笳之聲，後漸用之橫吹，有雙角，即胡樂也。張博望入西域，傳其法於西京，惟得摩訶兜勒一曲，李延年因胡曲更造新聲二十八解。魏晉以來，二十八解，不復具存。用者有黃鵠，隴頭，出關，入關，出塞，入塞，折楊柳，黃覃子，赤之楊，望行人十曲。」（按十曲後亦亡。）

又按橫吹二十八解外，又有鐃歌二十二曲，漢時通名鼓吹曲，其名亦不見漢志。其辭載之宋書樂志者十八曲，或亦武帝時所造新聲。馬端臨謂上陵一曲，當作於武帝以前，因上陵而作也。上之回，則巡幸之事，不盡敍戰陣。至如艾如張，巫山高，釣竿之屬，又各指其事而言，非專爲戰伐也。王先謙漢鐃歌釋文箋正序，亦謂不盡出武帝時。如思悲翁，戰城南，巫山高，有所思，即藝文志漢興以來兵所誅滅歌詩也。上之回，將進酒，臨高臺，遠如期，即藝文志出行巡狩及游歌詩也。而朱鷺則美漢初朱鷺之瑞，上陵則食舉舊曲也。是則十八曲非出一時，因一事而作者。其間或雜以民間歌謠及男女恩怨之事，其詳終不可考知矣。雖然，詩辭及作者縱非盡出武帝之時，亦不害其爲武帝時新聲。蓋延年協律，雜采歌謠，兼及辭人舊製，原不必同時人所造爲也。自魏晉迄唐，易姓之主，每令臣工放製。大都頌美功德之辭，與原意有別矣。

終漢之世，此之三聲，迭爲消長。而雅聲古淡，不樂時耳，雖尚存肄，已同餼羊。觀王禹弟子所請，

班固漢書禮樂志：「成帝時，謁者王禹，世受河間樂，能說其義。其弟子宋曄等上書言之，下大夫平當等考試。當以爲（中略）宜領屬雅樂，以繼絕表微。（中略）事下公卿，以爲久遠難分明，當議復寢。是時鄭聲尤甚。黃門名倡，丙彊景武之屬，富顯於世，貴戚五侯定陵富平外戚之家，淫侈過度，至與人主爭女樂。」

哀帝詔書所留，

班固漢書禮樂志：「哀帝自爲定陶王時疾之，又性不好音。及即位。下詔曰。惟世俗奢泰文巧，而鄭衛之聲興。夫奢泰則下不孫而國貧，文巧則趨末背本者衆。（中略）其罷樂府官，郊祀樂，及古兵法武樂。在經，非鄭衛之樂者，條奏別屬他官。丞相孔光大司空何武奏（中略）大凡八百二十九人。其三百八十八人不可罷，可領屬大樂。其四百四十一人，不應經法。或鄭衛之聲，可罷。奏可。然百姓漸漬日久，又不制雅樂相變，豪富吏民，湛沔自若。」

雅聲寖微，概可知矣。及至東漢，明章兩朝，經術稱盛，然曲操未作，

馬端臨文獻通考樂考一：「明帝永平三年，博士曹充上言：漢再受命，宜興禮樂。引尚書琁璣鈐曰：有帝漢出。德洽作樂名予。乃詔改大樂官曰大予樂，詩曲操以俟君子。」

樂器不修，

馬端臨文獻通考樂考一：「章帝時，馬防上言：聖人作樂，所以宣氣致和，順陰陽也。臣愚以爲可因歲首發太簇之律，奏雅頌之音，以迎和氣。時以作樂器費多，遂

獨用十二月迎氣樂也。

而俗樂則奏之宗廟朝廷，用之王會燕饗，歷世滋益。故班孟堅譏其備數，

班固漢書禮樂志：「是時河間獻王有雅材，亦以為治道非禮樂不成，因獻所集雅樂。天子下大樂官，常存肄之。歲時以備數，然不常御。常御及郊廟，皆非雅聲。（中略）今漢郊廟詩歌，未有祖宗之事。八音調均，又不協於鐘律。而內有掖庭才人，外有上林樂府，皆以鄭聲施於朝廷。」

鄭漁仲詆其違古。

鄭樵通志樂府總序：「然三代既沒，漢魏嗣興。禮樂之來，陵夷有漸。始則風雅不分，次則雅頌無別，次則頌亡，次則禮亡。按上之回，聖人出，君子之作也，雅也；艾如張，雉子斑，野人之作也，風也；合而為鼓吹曲，燕歌行，本幽薊，則列國之風也；煌煌京洛行，其音本京華，則都人之雅也。合而為相和歌。風者，鄉人之用；雅，朝廷之用。合而用之則風雅不分。然享，大禮也。燕，私禮也。享則上兼用下樂。燕則下不得用上樂。是則風雅之音雖異，而享燕之用則通。及明帝定四

品：一曰大予樂，郊廟上陵用之。二曰雅頌樂，辟雍享射用之。三曰黃門鼓吹樂，天子宴羣臣用之。四曰短簫鐃歌樂，軍中用之。古者雅用於人，頌用於神。武帝之立樂府，采詩雖不辨風雅，至於郊祀房中之章，未嘗用於人事，以明神人不可以同事也。今辟雍享射，雅頌無分。應用頌者而改用大予，應用雅者而改用黃門。不知黃門大予，於古爲何樂乎？風雅通歌，猶可以通也；雅頌通歌，不可以通也。」

然樂主在和，聲沿時異。果律呂調協，辭情雅正，何必遠慕簫韶，遐想夏濩。事有終不可復之古者，此類是也。識變之士，又何病諸？嘗尋漢代樂府，雖因嬴秦遺制，實啓魏晉新聲，固古今歌詩之樞紐也。蓋自樂府既立，制作日繁。鐃歌二十二曲，既爲後世郊祀樂章所祖，而民謠采集，風體競興。東京作者，篇章逐富。飲馬長城羽林陌上諸曲，敘事抒情，樸而能茂。上可比隆國風，下足鎔範後世。而隋代淸商，所存舊曲，多出此時。由後望前，邈如皇古矣。

杜佑通典：「淸樂者，其始卽淸商三調是也。並漢氏以來舊曲，樂器形制，並歌章古調，與魏三祖所作者，皆備於史籍。（中略）文帝聽之，善其節奏曰：此華夏正聲也。按舊唐書音樂志曰：白雪，周曲也。平調、清調，瑟調，皆周房中曲之遺聲也。漢世謂之三調。然考漢書禮樂志，唐山夫人房中祠樂，已用楚聲。則名出周人，實非周舊矣。今考舊唐書音樂志所載，清樂四十四曲，其間三調，有聲無辭。聲辭存者，漢曲有白雪公莫巴渝明君鳳將雛明之君（共二首）鐸舞八曲。皆六代以來、播遷南北廬而存者，在彼時已爲古調矣。可知聲律曲度，隨時代變，隋文帝所謂賞逐時遷而古致猶在者也。

至於唐歌絕句，宋唱令詞，尋其淵源，亦肇端漢代。流風所被，抑何遠哉！

按漢樂府歌法，今雖不可考，而每章必有聲豔與辭相配。辭者，樂章之本文也。豔者，辭中雜以泛字及疊句，所以助本文哀歛婉孌之音，取妍而疏氣者也。聲者，歌聲之曲折，即歌聲之譜，唐曰樂句，今云板眼也。漢志有河南周歌詩七篇，又有河南周歌聲曲折七篇，有周謠歌詩七十五篇，又有周謠歌詩聲曲折七十五篇，是也。今雖不傳，而宋書樂志，載宋代鐃歌上邪晚芝田艾張三曲，皆樂人以聲相傳者。漢儀，制氏所習之鏗鏘，當即此類。唐人樂府所歌絕句，雖近沿齊梁小樂府，而聲字依聲，固遠出漢法。宋人小令，以實字塡入泛聲，亦卽漢歌之豔。蓋延年協律，雖取之司馬相如等所造之辭，初不合於聲律。以之入樂，必有增損疊句羨字節法，令其句逗短長，然後聲辭婉附，可付歌喉也。後代歌詩，體製各殊，而協律之時，要不外此諸法所變化也。

故知音樂之興，正同辭賦。履端之始，雖出帝王夸淫之心，歸餘於終，乃成文苑巨麗之製。斯則異果同因，有不期然而然者也。

【附】漢至後周鐃歌曲目表（附唐）

	一	二
漢	朱鷺	思悲翁
魏繆襲作	初之平	戰滎陽
吳韋昭作	炎精缺	漢之季
晉傅玄作	靈之祥	宣受命
宋何承天私作	朱路	思悲公
又有三四有聲無辭		
梁	木紀謝	賢首山
北齊	水德謝	出山東
後周	元精季	征隴西
附唐柳宗元私作	晉陽武	獸之窮

三 艾如張
三 獲呂布
三 摅武師
三 征遼東
艾 張
三 桐柏山
三 戰韓陵
三 迎魏帝
戰武牢

四 上之回
克官渡
四 伐烏林
四 宣輔政
四 道亡
四 隃關隴
四 平竇泰
涇水黃

五 雍離
五 穜邦
五 秋風
五 時運多難
三 雝離
五 忱威
五 滅山胡
五 復恒農
奔黥沛

六 戰城南
六 定武功
六 克皖城
六 景龍飛
四 戰城南
六 漢東流
六 立武定
六 克沙苑
苞栟

七 巫山高
七 屠柳城
七 關背德
七 平玉衡
五 巫山高
七 鶴樓峻
七 戰芒山
七 戰河陰
河右平

八 上陵
八 平荊南
八 通荊門
八 文皇統百揆
六 上陵
八 昏主恣淫慝
八 銘蕭明
八 平漢東
鐵山碎

九 將進酒
九 平關中
九 章洪德
九 因時運
七 將進酒
九 石首局
九 破侯景
九 取巴蜀
靖平邦

十 君馬黃	十 應帝期		十三 金靈運	八 君馬黃			十 定汝潁	十三 哲皇出	吐谷渾
十一 芳樹	十一 邕熙	十一 承天命	十一 天序	九 芳樹		十一 於穆	十一 克淮南	十一 受魏禪	高昌
十二 有所思		十 從曆數	十 惟庸蜀	十 有所思		十 期運集	十二 嗣丕基	撥江陵	東鐙
十三 雉子班			十四 於穆我皇	十一 雉子遊原澤			十三 聖道洽	十四 平東夏	
十四 聖人出			十五 仲春振旅				十四 受魏禪	十五 禽明徹	
十五 上邪	十二 太和	十二 玄化	十二 大晉承運	十二 上邪上邪		十二 惟大梁	十五 平瀚海	十二 宣重光	
十六 臨高臺			十六 夏苗田	十三 臨高臺			十六 服江南		

十七 遠如期			十七 仲秋獮田	十四 遠期	晚芝田		十六 刑罰中		
十八 石留			十八 從天道	十五 石流			十八 遠夷至		
十九 務成亡			十九 唐堯				十九 嘉瑞臻		
二十 玄雲亡			二十 玄雲				二十 成禮樂		
二十一 黃爵亡			二十一 伯益						
二十二 釣竿亡			二十二 釣竿						

（註）表中數字，乃曲篇次第。惟柳宗元所作，自云、取晉魏義，用漢篇數，其次第是否與漢曲相當。不可知。故不記數字。

宋書樂志曰：「漢鼓吹鐃歌十八篇，按古今樂錄皆聲辭豔相雜，不復可分。」

晉書樂志曰：「漢時有短簫鐃歌之樂，其曲有朱鷺……等曲，列於鼓吹，多序戰陣之事。」

古今樂錄曰：「漢鐃歌十八曲，一曰朱鷺。……又有務成、玄雲、黃爵、釣竿，亦漢曲也。其詞亡。或云：漢鐃歌二十一無，釣竿。」

古今注曰：「釣竿者，伯常子避仇河濱，爲漁者，其妻思之而作也。每至河側輒歌之。後司馬相如作釣竿詩，遂傳爲歌曲。」

郭茂倩樂府詩集曰：「漢有朱鷺等二十二曲，列於鼓吹，謂之鐃歌。及魏受命，使繆襲改其十二曲，而君馬黃、雉子班、聖人出、臨高台、遠如期、石留、務成、玄雲、黃爵、釣竿十曲，並仍舊名，是時吳亦使韋昭改製十二曲，其十曲亦因之。而魏吳歌辭存者惟十二曲，餘皆不傳。晉武帝受禪，命傅玄製二十二曲，而玄雲釣竿之名不改漢舊。宋齊並用漢曲，又充庭十六曲，梁高祖乃去其四曲，更製新歌，合四時也。北齊二十曲皆改古名，其黃爵玄雲、釣竿、略而不用。後周宣帝革前代鼓吹制爲十五曲，並述功德受命以相代，大抵多言戰陣之事。隋制列鼓吹爲四部，唐則又增爲五部。部各有曲，唯葆羽諸曲備敍功業，如前代之制。」文獻通攷曰：按漢志言漢樂有四，其三曰黃門鼓吹樂，天子宴羣臣之所用。四曰短簫鐃歌樂、軍中之所用。則鼓吹與鐃歌自是二樂。而其用亦殊。然蔡邕言鼓吹者蓋短簫鐃歌。而俱以爲軍樂，則似漢人已合而爲一。但短簫鐃歌，漢有其樂章。魏晉以來因之，大概皆敍述頌美時主功德。而鼓吹則魏晉以來以給賜臣下，上自王公，下至牙門督將，皆有之。且以爲葬儀。蓋鐃歌上同乎國家之雅頌。而鼓吹下儕於臣下之鹵簿，非惟所用尊卑懸絕，而俱不以爲軍中之樂矣。至唐宋則又以二名合一（按唐稱鐃吹）而以爲乘輿出入警蹕之樂。

五　兩京當詩體窮變之會

夫道窮則變，文亦宜然。兩京之時，其詩體窮變之會乎。自風雅寢聲，騷賦接軌，四字短韻，易爲長言。漢人循流，咸尙斯體。樂府旣立，雜言復興。三五六七，一篇間出。

劉勰文心雕龍章句：「尋二言肇於黃世，竹彈之謠是也。三言興於虞時，元首之詩是也。四言廣於夏年，洛汭之歌是也。五言見於周代，行露之章是也。六言七言，雜出詩騷。而口體之篇，成於兩漢。情數運周，隨時代用矣。」（體上脫文，疑是雜字。指兩漢樂府多以雜言成篇也。）

按漢志，房中祠樂十七章：三言者三章，安其所豐草萋雷震震是也。三七言者一章，大海蕩蕩水所歸是也。其餘十三章，皆四言。郊祀歌十九章：三言者七章，練時日，天馬，華燁燁，五神，朝隴首，象載瑜，赤蛟是也。三五六七言者一章，天門是也。四七言者二章，天地景星是也。四五六七言者一章，日出入是也。其餘八章，皆四言。他如高祖大風三句，雜用六七言。延年歌辭六句，間以八字一句。鐃歌十八曲，句尤參差，悲歌，滿歌，西門，東門，孤兒，病婦等曲皆然，故令人云然也。

而四言一體，作者蓋希。世傳韋孟諷諫，蔚爲首唱。雖義符風雅，而文乏蘊藉。

劉勰文心雕龍明詩：「漢初四言，韋孟首唱。匡諫之義，繼軌周人。」

許學夷詩源辨體：「韋孟四言諷諫，韋玄成四言自劾等詩，其體全出大雅。然大雅雖布置聯絡，實不必首尾道盡。故從容自如，而義實寬廣。韋孟玄成，先後布置，事事不遺。則矜持太甚，而義亦窘迫矣。又曰：「徐昌穀云：韋孟輩四言窘縛不蕩。」

孟堅三章，非雅非頌，結體未純，

許學夷詩源辨：「體班固四言，明堂辟雍靈臺諸詩，非雅非頌，其體爲變。」

傅毅迪志，尚二韋之流風；朱穆絕交，則庸鄙之語調。

許學夷詩源辨體：「傅毅四言迪志詩，二韋之後，實可繼響。」又曰：「朱穆四言絕交詩，語甚庸鄙，不當以古質目之。」

他若房中郊祀，四言各章，大氐典麗有餘，風力微減。劣能超越陸潘，不堪並轡風雅矣。豈非四言極軌，已窮於漢京乎？

許學夷詩源辨體：「王敬美云：十九首，五言之詩經也。潘陸而下，四言之排律也。」○按此語見王世懋藝圃擷餘，深得詩歌升降之消息。蓋五言首創於漢代，比四言之有三百篇也。四言餘波至潘陸，同五言之有排律也。

吳訥文章辨體辨詩：「選詩四言，漢有韋孟一篇。魏晉作者雖衆，然惟陶靖節為最。後村劉氏謂其停雲等作，突過建安是也。宋齊而降，作者日少。獨唐韓柳元和聖德詩，平淮西夷雅，膾炙人口。先儒有云：二詩體制不同，而皆詞嚴氣偉，非後人所及。自是厥後，學詩者日以聲律為尚，四言益鮮矣。大氐四言之作，拘於模擬者，則有蹈襲風雅辭意之譏。涉及理趣者，又有銘贊文體之誚。惟能辭意融化，而一出於性情六義之正者，為得之矣。」按吳氏此論，極論後世四言之作所以不及古之故，可謂得要。然韓昌黎元和聖德詩，蘇黃門已譏其婉婉弱子赤立傴僂等句。李斯頌秦所不忍言，而退之自謂無愧於風雅，何其瑣屑之甚？謂之造語工則可，謂之得雅體則未也。詩載文王之崇，武王伐紂，固自有體，退之獨不到此邪？據此則四言一體，三百篇已造其極。後有作者，殆難追及，此漢魏之所以不得不變而為五言也。本書體例，有由後涉前者。如後述唐人小說，涉及漢魏六朝是也。有由前及後者，此述四言之流變兼及魏晉以下是也。所以不於當代述及者，緣其體在當代或尚未大盛，或已無可觀，於當代文學風會無多關切也。

嘗考詩之為體，三言既病其迫促，四言易入於平整。六字三偶，偶字難疏；八九句長，長句累氣。錯綜奇偶之間，折衷修短之際，厥惟五七言矣。故五言一體，自漢京創其規模，魏晉揚其芳烈，唐宋而下，流衍益宏，蓋已由旁支而承大宗矣。鍾仲偉謂五言居文詞之要，是衆作之有滋味者，誠篤論哉！

鍾嶸詩品上品序：「夫四言文約意廣，取效風騷，便可多得。每苦文繁而意少，故世罕習焉。五言居文詞之要，是衆作之有滋味者也，故云會於流俗。豈不以指事造形，窮情寫物，最為詳切者耶？」

然此體之在西京，不出俳諧倡樂之間，未為辭人才士所重，

摯虞文章流別論詩：「古之詩有三言四言五言六言七言九言。古詩率以四言為體，而詩有一句二句雜在四言之間。後世演之，遂以為篇。古詩之三言者，振振鷺，鷺

於飛之屬是也，漢郊廟歌多用之。五言者，誰謂雀無角，何以穿我屋之屬是也，俗俳諧唱樂多用之。六言者，我姑酌彼金罍之屬是也，樂府亦用之。七言者，交交黃鳥止于桑之屬是也，於俳諧倡樂多用之。古詩之九言者，泂酌彼行潦挹彼注茲之屬是也，不入歌謠之章，故世希爲之。夫詩雖以情志爲本，而以成聲爲節。然則雅音之韻，四言爲正。其餘雖備曲折之體，而非音之正也。」

劉勰文心雕龍明詩：「成帝品錄，三百餘篇。朝章國采，亦云周備。而辭人遺翰，莫見五言。所以李陵班婕，見擬於前代也。」（此句通行本皆作李陵班婕妤，見疑於後代也。今改從御覽，文意爲長，說見後論蘇李詩下。）

儻亦太白不爲律近之意歟？

按李太白論詩，有寄興深微，五言不如四言，七言又其靡也之語。可見唐人尊古，此習猶存。彥和雖云隨時代用，亦以四言爲詩頌正體，豈非以三百篇在前，遂不敢議其體製歟。

故李陵婕妤，見擬前代；

按合仲治彥和二說觀之，西京五七言體，多用於俳諧倡樂，不爲辭人所重。故李陵婕好之作、但有前代擬作之篇，非出當時本人之手。彥和明言五言不重於西京，所以李陵班婕好之作見擬於前代。惟今本前擬兩文，此爲後疑，致失彥和之意。蓋自子雲爲文，好與古人爭勝，遂開擬古之風。子雲既擬易作太玄，擬論語作法言，擬倉頡作訓纂，擬爾雅作方言，擬虞箴作州箴，擬離騷作反騷廣騷畔牢愁，擬相如賦作甘泉長楊羽獵河東四賦，擬答客難作解嘲，擬封禪文作劇秦美新，於時王莽亦擬周書作大誥。東漢則有、傅毅張衡崔駰馬融等之擬七發，崔駰班固張衡等之擬答客難，他如劉向王逸之擬楚辭，諸家之模擬馬班，（見劉知幾史通模擬篇）依放諸子。（見劉勰文心雕龍諸子篇）擬古之風，於斯爲盛。於是樂府家亦多擬古題述古事者。魏晉以下，平原兄弟，陸傅顏謝江鮑之儔，操翰摛文，莫不擬古。竊嘗比觀衆製，略有可言：一曰補亡，古有其義，而亡其辭，補著其文，以綴舊制。如東晳之補南陔白華六篇是也；二曰效體，學主通方，意存兼愛，學其文體，並懷其人。如謝靈運之擬鄴中集詩八首，江文通之雜體詩三十首是也；三曰借題，情有鬱邑，辭忌觝觸，借用古題，用申今意。如曹植陶潛之擬樂府古詩諸篇是也；四曰代作，古本無辭，事或哀豔，精感魂動，代之發抒。如昭君怨楚妃歎諸詩是也。故擬古一體或曰依，或曰學，或曰代或曰效。或雖未標明擬代，而實爲擬古，或雖不用古題，而實咏古事，大氐不出以上四義。及其後也，作者之主名既逸，轉疑眞出古人所自爲矣。蘇李贈別，班姬團扇，卽此類也。後人或尊古意篤，或愛好情深，遂謂非古人莫能爲，初未加以考正。傳之久遠，遂不可復。文人復相習承訛，動稱蘇李爲五言之始。故彥和明詩，斷爲前代擬作。前代云者，齊代以前也。上云成帝品錄，三百餘篇，辭人遺翰，莫見五言。下云見擬於前代，則擬作之人，雖不知誰氏，要是東漢魏晉間人所爲矣。 自東坡因劉子元疑李陵報蘇武書爲後人僞作，遂有河梁贈別，亦係假託之論。但未能究言其假託之由，故不足以折升庵諸人之心。至紛紛驗地理，論帝諱，以求正其眞僞者，殊爲支離矣。今據彥和擬作之言，證以當時風會，斷其非出西京。著其說於此，而附載諸家論辨之言於後，各加按語，以備參考焉。班固漢書蘇武傳：「陵起舞，歌曰：徑萬里兮度沙幕。爲君將兮奮匈奴。路窮絕兮矢刃摧。士衆絕兮名已隤。老母已死，雖欲報恩將安歸。」按李陵詩，史惟載此一篇，固當時之楚聲與雜言體也。使河梁贈別，果出二人，作史者何不並載耶？按昭明文選雜詩上，有李少卿與蘇武詩三首：一曰良時不再至，二曰嘉會難再遇，三曰攜手上河梁。又有蘇子卿古詩四首：一曰骨肉緣枝葉，二曰黃鵠一遠別，三曰結髮爲夫妻，四曰燭燭晨明月。李詩辭情，尙類二人惜別之作。至蘇詩四首，昭明固未嘗以爲別李之詩。閱其辭意，大都泛敘離思之作。而第一首曰：況我連枝樹，與子同一身。則似別兄弟；三首曰：結髮爲夫妻，恩愛兩不疑。則似夫別妻；注家必欲比附爲二人之事，果何所據耶？而古文苑復有錄別數首，出蕭選外，則擬作者，又非一時一人矣。

又按顏延之庭誥謂李陵衆作，總雜不類。元是假託，非盡陵制。至其善寫（疑篇字之誤），有足悲者，後人遂謂總雜不類，指文苑錄別各篇。善篇足悲，乃謂蕭選所錄。尋顏語意：非盡陵制者，指假託衆作與使臧陵歌體不類也；善篇足悲者，指假託而善者，情辭相稱，足以感人即蕭選三首也。今強以分隸二書，以爲眞贋之辨在此。何哉？

鍾嶸詩品上品敍：「逮漢李陵，始著五言之目矣。古詩眇邈。人世難詳。推其文體，固是炎漢之製，非衰周之倡也。自王楊枚馬之徒，辭賦競爽，而吟詠靡聞。從李都尉迄班婕妤，將百年間，有婦人焉，一人而已。」按仲偉雖以五言始目自李都尉，又曰人世難詳，則亦未定之詞也。又曰：王楊枚馬，吟詠靡聞。則古詩十九首中，枚叔八首，仲偉未嘗以為真枚作，故疑是建安中曹王所製。而悲其人代冥滅也。按仲治仲偉彥和三君，淵雅多識，文家董狐。皆論都尉而不及屬國，殆彼時獨致疑於李詩耳。昭明愛奇，兼收蘇作，亦未嘗有贈別之說也。蘇李並稱，以唐後為多！如杜少陵李陵蘇武是吾師之句（解悶十二首）。韓退之五言出漢時，蘇李首更號之言（薦士）。獨孤及五言詩之源，生於國風，廣於離騷，著於蘇李之說（皇甫冉集序）。白樂天五言始於蘇李之論（與元九書）。元微之言稱蘇李之文，（杜工部墓誌銘）大氐文人沿習之言，初未詳加考正，未可據為典要也。至宋人復有疑之者，而東坡首發其難，惜後人未能信也。

蘇軾答劉沔書：「李陵蘇武，贈別長安，而詩有江漢之句。及陵與武書，詞句儇淺，正齊梁小兒所擬，決非西漢文。而統不悟，劉子元獨知之。」按東坡志林，亦有此語。劉子元說見其所作史通雜說下，東坡但疑贈別長安，不應有江漢之句，則亦未明致誤之真因也。

洪邁容齋隨筆：「文選編李陵蘇武詩凡七篇，人多疑俯觀江漢流之語，以為蘇武在長安所作，何為乃及江漢？東坡云：皆後人所擬也。予觀李詩云：獨有盈觴酒，與子結綢繆。盈字正惠帝諱，漢法觸諱者有罪，不應陵敢用之，益知坡公之言為可信也。」按此推演蘇說而別舉一證明之者也。

楊慎丹鉛雜錄：「蘇文忠公云：蘇武李陵之詩，乃六朝人擬作。宋人遂謂在長安而言江漢，盈巵酒之句，又犯惠帝諱，疑非本作。今考之殆不然。班固藝文志有蘇武集李陵集之目，摯虞晉初人也。其文章流別志云：李陵衆作總雜不類。殆是假託，非盡陵制。至其善篇，有足悲者。以此考之，其來古矣。即使假託，亦是東漢及魏人張衡曹植之流始能之耳。杜子美云：李陵蘇武是吾師，子美豈無見哉？東坡跋黃子思詩云：蘇李之天成，尊之亦至矣。其曰六朝擬作者，一時鄙薄蕭統之偏辭爾。」按此反蘇說者，但亦無確證，故其辭游移如此。升庵所引摯虞文章流別云云，檢嚴輯全晉文無之。惟全宋文錄引御覽五百八十六顏延之庭誥有此文曰：逮李陵衆作，總雜不類，元是假託，非盡陵制。至其善寫，有足悲者。與此文小異。其下論古詩無九言，稱摯虞文論，足稱優洽。升庵誤記上文亦摯語，故以為流別之文也。

許學夷詩源辯體：「宋人謂蘇李詩在長安而言江漢，又謂獨有盈觴酒，與十九首盈盈一水間俱不避惠帝諱，疑皆非漢人詩。」按子卿第四首乃別友詩。安知其時不在江漢？又韋孟諷諫詩，總齊羣邦，於高帝諱且不避，何必惠帝？趙凡夫云：說文止諱東漢秀莊炟祜四字，而於西漢邦盈以下，皆不諱也。按此亦反蘇洪二氏之論也。顧炎武日知錄：「已祧不諱條：漢時祧廟之制，不傳。竊意亦當如此。故孝惠諱盈，而說苑敬愼篇引易天道虧盈而益謙四句，盈字皆作滿，在七世之內故也。班固漢書律曆志，盈元盈統不盈之類，一卷之中，字凡四十餘見。何休注公羊傳曰：言孫于齊者盈，諱文已祧故也。若李陵詩；獨有盈觴酒，與子結綢繆。枚乘柳賦；盈玉縹之清酒。又詩，盈盈一水間。二人皆在武昭之世而不避諱，又可知其爲後人之擬作，而不出於西京矣。」（原注，李陵詩不當用盈字，容齋隨筆論之。）按此說又可贊洪說之成立也。

何焯評文選李詩曰「：子瞻辯蘇李之詩爲後人擬作，然固非曹劉以下所能辨也。」評蘇詩第四首曰：「江漢浮雲，一失不復返，一分不復合，以比離別，不得以地非塞外爲疑。少卿詩曰皓首，子卿報以隨時，亦不欲其沒身異域，示之以不可長也。」按此說亦依違。

按綜觀以上諸家之論，所爭祇在江漢非別地，盈觴未避諱二點。何論江漢得文家之妙，顧辨避諱成洪氏之說，然皆枝節之談。余意何說縱有理，亦不足以證此詩必爲別李陵；洪說縱不成，（如許所駁，或詩本不作盈。）亦不足以證此詩必作於西京。至擬作之人，究屬誰氏？則楊何二氏，雖不主蘇說。而皆以爲建安才士之流。其辭游移如此，則其心亦終有未安可知。惜皆未從一代風會之大處着眼，故有此紛紛也。

又按此事既明。則班姬團扇，固可比類而推。卽世傳西京五言，有主名者：如卓文君白頭吟，虞美人答項王歌，其爲後人代作，亦無可疑。至枚乘古詩八首，則自來卽多異說。（詳後）若邪徑敗良田，一雌復一雄之類，則仲治所謂俳諧倡樂也。樂府詩集所傳古辭，玉臺新詠所載古詩，則大都出於東京，容有西晉所製，未可上溯西都。今略舉前人之說如左。

鍾嶸詩品上：「漢婕妤班姬，其源出於李陵。團扇短章，辭旨清捷。怨深文綺，得匹婦之致。侏儒一節，可以知其工矣。」

嚴羽滄浪詩話考證門：「班婕妤怨歌行，文選直作班姬之名，樂府以爲顏延年作。

按仲偉於團扇未嘗致疑，至謂出於李陵。而其論李陵則曰：人世難詳。殆就詩之體製論之，近於河梁之作耳，未必以作者論也。滄浪謂樂府以爲延年作，未詳所謂樂府爲何書。今本樂府詩集，則固曰班婕妤也。玉臺新詠同，要以彥和之說爲正。馮舒詩紀匡謬，按宋書樂志相和已下諸篇，其無人名者，皆曰古辭。樂府詩集靈芝等篇，亦然。鍾氏詩品曰：古詩其源出於國風。去者日以疎四十五首，疑是建安中陳王所製。則作者姓名既無的定。漢魏之界頗亦難分。古之云者，時世不定之辭也。昭明所選一十九章，或云枚乘，或云傅毅，概曰古詩。原其體分，意亦如此。詩既如此，樂府可知。概歸之漢，所謂無稽之言。君子弗聽矣。

又曰：宋書大曲，有白頭吟，作古辭，樂府詩集太平御覽亦然。玉臺新詠題作皚如山上雪，非但不作文君，並題亦不作白頭吟也。惟西京雜記，有文君爲白頭吟以自絕之說。然亦不著其詞，或文君自有別篇，不得遽以此詩當之也。宋人不明其故，妄以此詩實之。如黃鶴杜詩注，合璧事類引西京雜記之類，並入此詩。詩紀因之，詩刪選之。今人遽云有此妙口妙辭，眞長卿快偶，可笑可憐。按玉臺新詠卷一，合日出東南隅行，相逢狹路間，隴西行，豔歌行，雙白鵠，總題曰古樂府六首。

按馮說古辭及白頭吟甚明。自可信。至虞美人答項王歌，出於楚漢春秋，其書久佚。後人輯本，已非陸賈原書，見王先謙漢書補注。且太史公作史記，楚漢間事，多采自陸書。不應但載項王歌，不載虞姬答歌，其爲後人代擬無疑。

古詩十九，致疑枚叔。

劉勰文心雕龍明詩篇：「古詩佳麗，或稱枚叔。其孤竹一篇，則傅毅之詞，比采而推，固兩漢之作乎？」按細繹彥和此語，曰或稱，曰比采而推，則亦未定之詞，特推測如是耳。

鍾嶸詩品上：「古詩，其體源出於國風。陸機所擬十四首，文溫以麗，意悲而遠，驚心動魄，可謂幾乎一字千金。其外去者日以疎四十五首，雖多哀怨，頗爲總雜。舊疑是建安中曹王所製。客從遠方來，橘柚垂華實，亦爲驚絕矣。人代冥滅，而清音獨遠。悲夫！」

李善文選注：「古詩蓋不知作者。或云枚乘，疑不能明也。詩云，驅馬上東門。又云，遊戲宛與洛。此則辭兼東都，非盡是乘，明矣。昭明以失其姓氏。故編之李陵之上。」于頔吳興晝公集序：「梁昭明所造文選，錄古詩十九首，亡其姓氏。觀其詞，蓋東漢之世，蘇李之流。」

楊愼丹鉛雜錄：「文選古詩十九首，非一人之作，亦非一時也。其曰玉衡指孟冬，而上云促織，下云秋蟬，蓋漢之孟冬，非夏之孟冬矣。漢襲秦制，以十月爲歲首，漢之孟冬，夏之七月。其曰孟冬寒氣至，北風何慘慄。則漢武帝已改秦朔用夏以後詩也。王世貞藝苑卮言：「鍾嶸言行行重行行十四首，文溫以麗，意悲而遠，驚心動魄，幾乎一字千金。後併去者日以疏五首，爲十九首，爲枚乘作。或以洛中何鬱鬱，游戲宛與洛，爲詠東京。盈盈樓上女，爲犯惠帝諱。按臨文不諱，如總齊群邦，故犯高諱無妨。宛洛爲故周都會，但王侯多第宅，周世王侯不言第宅，兩宮雙闕，亦是東京語。意者，中間雜有枚生或張衡蔡邕作，未可知。談理不如三百篇，而微詞婉旨，遂足並駕，是千古五言之祖。」

按世稱古詩十九首者，因昭明選古詩中十九首入錄也。觀仲偉之言，是齊梁間本，合上山采蘼蕪等篇之失名者，並稱古詩也。徐陵玉臺新詠，首錄古詩八首：懍懍歲云暮，冉冉孤生竹，孟冬寒氣至，客從遠方來四首，在十九首內。此外更有上山采蘼蕪，四座且莫諠，悲與親友別，穆穆清風至四首，但不知仲偉所謂四十五首之目如何耳。彥和用或說，蓋亦疑辭。玉臺始以西北有高樓，東城高且長，行行重行行，相去日已遠，涉江采芙蓉青青河畔草，蘭若生春陽，迢迢牽牛星，明月何皎皎九篇爲枚乘作，而分行行重行行後八句爲一首，合蘭若生春陽十句於庭中有奇樹爲一首。與文選異（宋本亦有與文選同者，見紀容舒玉臺新詠考異，謂以陸機所擬。則文選分篇爲長。）彥和所謂或說，當卽自來相傳有此語，徐陵始實之耳。李注文選，特舉宛洛上東門等句，其辭兼東都，非盡是乘，則唐代竟有以十九首皆枚作者矣。傳久益訛，亦理之常也。楊升庵以玉衡指孟冬一首節候與漢末用夏正時合，疑爲西京之詩。顧炎武（顧說見前）以青青河畔草一首用盈盈不避惠帝諱，謂爲後人擬作。近人復有以懍懍歲云暮一首言涼風與月令合，亦是太初以前之辭。其說紛紜如此，不知西京縱有五言，亦必非枚叔所作，蓋劉之說甚明也。且其詩皆泛寫勞人思婦明友契闊死生新故之感，安見定爲枚作？宜以昭明仲偉之論爲準。至鄭延槐謂與楚騷同時。則雖阮亭歷友皆不謂然。（見師友詩傳錄）、是又信之太過者之失也。

然則論五言所始者固當以西京爲河源，而龍門積石之奇觀，終在東都矣。

東都衆製：古詩十九之言情，廬江小吏之敘事，可謂雙美。而樂府歌詩，五言尤盛。

按樂府之制，有依律以製辭者，有採詩而協律者。郭茂倩樂府詩集，每以協律之辭，與本辭並載，其本辭皆五言古詩也。至明人以樂府往往敘事爲與古詩相異之處，殊不盡然。又以古詩貴溫裕純雅，樂府貴遒深勁絕，爲二者之別者。亦非探本之論（見徐禎卿談藝錄）。蓋漢代樂府，多取敘事之詩，而協律之時，又必增損字句，遂覺有此分別耳。魏晉以下，競擬樂府，而無詔伶人。詩聲既離，二體遂亦無別。唐世稍稍變古，雖事非協律，而音節務求近之。明人不察，乃有此論。

其間善篇，雖使李杜操翰，猶當遜其古茂。豈非新興之氣，難與比隆哉？至七言之作，雖亦見端漢代。覈其次第，又復後於五言。世有以柏梁庭歌當之者，非其質矣。

顧炎武日知錄：「漢武柏梁臺詩，本出三秦紀，云是元封三年作。而考之於史，則多不符。按史記及漢書孝景紀中，六年夏四月，梁王薨。諸侯王表，梁孝王武立，三十五年薨。孝景後元年，共王買嗣，七年薨。建元五年平王襄嗣，四十年薨。文三王傳同。又按孝武紀，元鼎二年春，起柏梁臺，是爲梁平王之二十二年。而孝王之讓至此已二十九年。又七年始爲元封三年。又按平王襄元朔中，以與太母爭樽，公卿請廢爲庶人。天子曰：梁王襄無良師傅，故陷不義，乃削梁八城。梁餘尚有十城又按平王襄之十年，爲元朔二年，來朝。其三十六年，爲太初四年，來朝。皆不當元封時。又按百官公卿表，郎中令，武帝太初元年更名光祿勳典客，景帝中六年更名太行令，武帝太初元年更名大鴻臚。治粟內史，景帝後元年更名大農令。武帝太初元年更名大司農。中尉，武帝太初元年更名執金吾。內史，景帝二年分置左內史右內史，武帝太初元年更名京兆尹，左內史更名左馮翊。主爵中尉，景帝中六年更名都尉，武帝太初元年更名右扶風。凡此六官，皆太初以後之名，不應預書於元封之時。又按孝武紀，太初元年冬十一月乙酉，柏梁臺災。夏五月，正曆，以正月爲歲首，定官名，則是柏梁既災之後，又半歲而始改官名。而大司馬大將軍靑則甍於元封之五年，距此已二年矣。反覆考證，無一合者，蓋是後人擬作，剽取武帝以來官名，及梁孝王世家乘輿駟馬之事，以合之，而不悟時代之乖舛也。按世家梁孝王二十九年十月入朝，景帝使使持節乘輿駟馬迎梁王於關下。臣瓚曰：天子副車駕駟馬，此一時異數，平王安得有此？」○今按亭林此說：考證精確，較然可信。然自來論七言起源者，必舉此詩。蓋亦習而未察，雖彥和不能免焉，則其所從來遠矣。

又按文選西京賦注引劉向七言曰：博學多識與凡殊。王仲宣贈士孫文始詩注引劉向七言曰：宴處從容觀詩書。嵇叔夜贈秀才入軍詩注引劉向七言曰：山鳥羣鳴動我懷。張景陽雜詩注引劉向七言曰；朅來歸耕永自疏。又後漢書東平王蒼，杜篤，崔琦，崔瑗，崔實等傳，並云著七言若干篇。是則七言一體，已萌芽後漢之世，惟多不傳於世。又史家但舉稱七言，不曰七言詩。證以今傳史游急就章體，或與之近，但以七字成文耳，不可與四言詩同觀比論，故舉稱七言也。七言之外，尚有三言，六言，八言之目。文選序所謂三言八字之文，後漢書孔融傳所謂融著詩頌碑文六言策文表檄，是也。大氐四言既衰，五言代起之時，三六七八言，亦有試作者，特不如五言之盛耳。

按歷來稱四言五言者，或去足句之兮字數之。故孺子滄浪，彥和謂之五言全曲，或連足句之兮字數之，故徐淑敍別，仲偉謂之五言作家。平子四愁首句連兮字七言，故昭明文選謂之七言。王闓運八代詩選歸之雜言，覈其體製，固與垓下之歌，三侯之章同類，可謂七言古詩變而未純者也。逮魏武不喜用兮字足句，文帝燕歌行遂爲後世七言歌行之所昉。然六代此體，終不若五言之盛。至李杜而波浪始壯闊矣。文體興起之先後，蓋亦有運會焉，不可強也。

故知論文體之隆興者，當於其風會已成之時。若摘句一篇之中，搜章衆製之內，謂五言興於虞庭，七言成於周世，則一代之殊尚，古今之因革，何由見焉？

六　史體之大成及馬班之同異

昔劉子元著史通，牢籠史籍，區以六家，而宗諸二體。六家者：一曰尚書家，記言之史也；二曰春秋家，記事之史也；三曰左傳家，編年之史也；四曰國語家，國別之史也；五曰史記家，通古紀傳之史也；六曰漢書家，斷代紀傳之史也。二體者，一曰編年體，以左傳爲宗；二曰紀傳體，以馬班爲宗。其論甚偉。

按劉子元史通，論流別則區分六家，辨體製則惟宗二體。其六家別馬與班者，通古斷代，其流不同也。二體合馬與班者，同爲紀傳之體，又班出於馬也。浦起龍通釋，謂劉於二體，首奉左班。覈諸二體篇文，不如是也。二體篇首曰：丘明傳春秋，子長著史記，載筆之體，於斯備矣。後來繼作，相與因循，假有改張，變其名目。區域有限，孰能踰此？蓋荀悅張璠，丘明之黨也；班固華嶠，子長之流也。惟此二家各相，矜尚。後曰；故班固知其若此，設紀傳以區分，使其歷然可觀，綱紀有別。荀悅厭其迂闊，又依左氏成書，翦裁班史。篇才三十，歷代褒之，有踰本傳。然則班荀二體，角力爭先，欲廢其一，固亦難矣。後來作者，不出二途。語意分明，未嘗宗班而祧馬也。其識鑒篇復有馬班同風連類之言，未聞專奉班以配左也。

竊嘗推究其旨，六家區分，蓋亦以大體論耳。若覈其實，則尚書豈無記事之文，春秋亦用編年之法，國語則逸文別說，左氏之外傳也，而史記之體，實兼宗五家：其修本紀，春秋之旨也；

劉知幾史通六家篇：「至太史公，著史記，始以天子爲本紀。考其宗旨，如法春秋。

又世家篇：「蓋紀之爲體，猶春秋之經，繫日月以成歲時，書君上以顯國統。」

又列傳篇：「夫紀傳之興，肇於史漢。蓋紀者，編年也。傳者，列事也。編年者，歷帝王之歲月，猶春秋之經。列事者，錄人臣之行狀，猶春秋之傳。春秋則傳以解經，史漢則傳以釋紀。」

載詔令，尚書之法也；

章學誠文史通義書教中：「馬遷紹法春秋，而删潤典謨，以入紀傳。」按實齋謂尚書折入春秋，故宰孔之命齊侯，王子虎之命晉侯，皆訓誥之文也。而左氏附傳以翼經，夫子不與文侯之命同著於編，則書入春秋之明證也。然則馬遷雖近紹春秋，實遠師尚書矣。

紀表書傳，本左氏之遺規；

章學誠文史通義：「遷書紀表書傳，本左氏而略示區分，不甚拘拘於題目。」

列國世家，具國語之微體；

按遷史有吳魯燕齊諸國及漢諸侯王世家，班史於當代諸侯王，皆改爲傳。劉子元曾舉三事，譏遷史。後之論者，多疑世家創例未純，不知馬遷作史記，班氏謂其據左氏春秋國語采世本戰國策述楚漢春秋。今按其文詞，不但取其所記之事蹟，實兼用其體例。如魯世家書齊伐我，燕世家稱今王喜，及紀列國事不用周天子紀年是也。然則世家之於國語，亦具體而微者矣。

而通古可包斷代，馬史又班書所自出也。

劉知幾史通六家篇：「漢書家者，其先出於班固，馬遷撰史記，終於今上，自太初以下闕而不錄。班彪因之，演成後記，以續前篇。至子固乃斷自高祖，盡於王莽，爲十二紀，十志，八表，七十列傳，勒成一史，目爲漢書。昔虞夏之典，商周之誥，孔氏所撰，皆謂之書。夫以書爲名，亦稽古之偉稱，尋其創造，皆準子長，但不爲世家改書曰志而已。」

至其精意所存，則將上協六經異傳，旁通百家雜語，作漢代之一經，俟百世而不惑者也。

司馬遷史記自序：「太史公曰：先人有言：自周公卒五百歲而有孔子。孔子卒後至於今五百歲，有能紹明世，正易傳，繼春秋，本詩書禮，樂之際意在斯乎？意在斯乎？小子何敢讓焉。(中略)太史公仍父子相續纂其職曰：於戲！余惟先人，嘗掌斯事。顯於唐虞，至於周復典之。故司馬氏世主天官，至於余乎。欽念哉！欽念哉！罔羅天下放失舊聞，王迹所興，原始察終，見盛觀衰。論考之行事，略推三代，錄秦漢，上記軒轅，下至於茲，著十二本紀，既科條之矣。並時異世，年差不明，作十表。禮樂損益，律曆改易，兵權山川，鬼神天人之際，承敝通變，作八書。二十八宿環北辰，三十輻共一轂，運行無窮，輔拂股肱之臣配焉。忠信行道，以奉主上，作三十世家。扶義俶儻，不令己失時，立功名於天下，作七十列傳。凡百三十篇，五十二萬六千五百字，爲太史公書序。略以拾遺補藝，成一家之言。厥協六經異傳，整齊百家雜語。藏之名山，副在京師，俟後世聖人君子。」

若子長者，豈非集古代史體之大成，識先聖制作之微意者哉？嘗考史官之流，厥爲道家：其官史也，故能歷記成敗存亡禍福古今之道；其術道也，故能秉要執本，清虛以自守，卑弱以自持，本末精粗，秩然無紊，莊生所謂舊法世傳之史，明乎數度也。

班固漢書藝文志：「道家者流，蓋出於史官。歷記成敗存亡禍福古今之道，然後知秉要執本，清虛以自守，卑弱以自持，此君人南面之術也。」

按莊子天下篇，稱內聖外王之道，其運無乎不在。其明而在數度者，舊法世傳之史，尚多有之。蓋古者學在王官，職司雖散爲三百六十，而其本數末度，則咸在史官。故能記成敗存亡禍福古今之道。觀周官太史所掌，治數禮政刑事之大典，皆統關。其關係之要可知矣。隋志論史官之才，必求博聞強識疏通知遠之士，內掌八柄以詔王治，外執六典以逆官政，前言往行無不識，天文地理無不察，人事之紀無不達。子長之作史記，庶幾此志矣。

司馬氏世典史職，談復深明治體，嫻習道術。

司馬遷史記自序：「司馬氏世典周史。（中略）喜生談，談爲太史公。太史公學天官於唐都，受易於楊何，習道論於黃子。」

子長世其家學，發憤著書，故能紹春秋之絕統，立史部之宏綱，自許以究天人之際，通古今之變，成一家之言，信非夸誕矣。

司馬遷報任安書：「僕竊不遜，近自託於無能之辭。網羅天下放失舊聞，考之行事，稽其成敗興壞之理。凡百三十篇。亦欲究天人之際，通古今之變，成一家之言。」

乃自子雲詆曰愛奇，

揚雄法言：「多愛不忍，子長也。仲尼多愛，愛義也。子長多愛，愛奇也。」

班氏譏其崇道，

班固漢書司馬遷傳贊：「其是非頗謬於聖人。論大道則先黃老而後六經，序游俠則退處士而進姦雄，述貨殖則崇勢利而羞賤貧。此其所蔽也。」

按此班彪之論也（見後漢書彪傳）。漢人惟歆向深明古代學術流別，班志藝文蓋取其說，則孟堅非不知道家原出史官也。且考史記尊孔子爲世家，次老子於申韓，其自序稱十歲誦古文。（周壽昌曰：索隱云，遷及事伏生，是學誦古文尚書。按史公十歲，伏生應已百四十歲，情事不合。索隱蓋誤以孔爲伏。今按史公曾從孔安國問故。遷書載堯典禹貢洪範微子金縢諸篇，多古文說。見漢書儒林傳，周說是。）二十而南游江淮，上會稽，探禹穴，窺九疑，浮沅湘，北涉汶泗，講業齊魯之都。觀夫子遺風，鄉射鄒嶧，阨困蕃薛彭城，過梁楚以歸。又其著書欲正易傳，紹春秋，本詩書禮樂，何嘗後六經哉？特古之所謂道，不可與後世之所謂道者並論，觀莊子天下篇可知。若史遷者，倘所謂明夫古之道術者歟？

張守節正義（裴駰集解序注）：「大道者。皆禀乎自然。不可稱道也。道在天地之前，先天地生，不知其名，字之曰道。黃帝老子，遵崇斯道。故太史公論大道，須先黃老而後六經。」

又按今人錢塘張爾田，著史微。其原道篇有曰：蓋六經皆先王經世之粲然者，而道家則六經之意也。自天子失官，史與道分。孔子聞於老聃而刪述焉。六經折入儒家，而先王之意隱矣。語與莊子天下篇同旨，皆能見古代史學之微意者也。

王允目爲謗書。

范曄後漢書蔡邕傳：「允曰：昔武帝不殺司馬遷，使作謗書。流傳於後」。

後人不察，妄肆詆訾，遂令史遷學術文章，不明於世，可勝歎哉，且子長當舉世競於辭賦之時，獨能宗經法聖，補藝拾遺，雖立體創例，間多疏略，固命世之奇傑矣。

班固漢書司馬遷傳贊：「至於采經摭傳，分散數家之事，甚多疏略。或有牴牾，亦其涉獵者廣博，貫穿經傳，馳騁古今，上下數千載間，斯以勤矣。」（班彪傳同）

范曄後漢書班彪傳：「遷之著作，採獲古今，貫穿經傳，至廣博也。一人之精，文重思煩，故其書刊落不盡，尚有盈辭，多不齊一。若序司馬相如舉郡縣著其字，至蕭曹陳平之屬，及董仲舒並時之人，不記其字。或縣而不郡。」

按班氏父子皆譏遷史體例疏略，此自草創之作，勢所難免。至彪舉不詳同時人郡縣及字爲證，則尤微細之甚，不足害其宏綱也。

觀其揚搉前賢，纖述行事：人不必求其備，事不必書其全，而抑揚往復之間，取舍分合之際，咸具精意。是以前修追蹤而莫及，後賢枕葄而靡窮。

按史記記事，於取舍分合之間，皆有精意。後之評論至夥，今略舉數事以見一斑。

史記考證，項羽本紀索隱：項羽不可稱本紀，宜降爲世家。臣照按史法天子則稱本紀，蓋祖述馬遷之文。馬遷之前，固無所爲本紀也。但馬遷之意，並非以本紀爲天子服物采章，若貫屋左纛然，非天子不可用也。特以天下之權之所在，則其人係天下之本，即謂之本紀。若秦本紀言秦未得天下之先，天下之勢已在秦也。呂后本紀，呂后固亦未若武氏之篡也，而天下之勢固在呂后，則亦曰本紀也。後世史官以君爲本紀，臣爲列傳，固亦無可議者。但是宗馬遷之史法而小變之，固不得轉據後以議前也，索隱之說謬矣。

按項羽呂后稱本紀，後人多非之，考證之說最允。

王鳴盛十七史商榷，以孔子入世家，推崇已極。亦復斟酌盡善。王介甫妄譏之。全不考三代制度時勢，不識古人貴貴尚爵之意。困學紀聞史記正誤篇，又載王文公及滑水李氏說，皆非也。按孔子稱世家，王說甚當。至何良俊謂史遷逆知其必有褒崇之與，故遂爲之立世家，則爲妄說。吾湘郭偉鑒曰。陳勝起自羣盜，稱王六月而死，亦得參列其間，此管叔伏誅猶得比肩於曹蔡之例也。雖社稷廢闕，子孫不嗣，無世可傳，無家可宅，而時無共主，自領郡縣，草創制度，比諸封君，則未可降與萌庶伍矣。吳越僻處，不染華風。勝之稱王，殆以自擬歟？孔子布衣，初無爵命，亦得儕同侯伯，居之不疑。求諸往事，絕無可擬。然修明六藝，立道之極，世守其學，人各名家，豈特田完之流儕，必至和始先復故物。二篇之立，不同恒科。泥說取合，說必致窮矣。其說與章實齋遷史體圓而神之理相合。

錢大昕二十二史考異：按申韓之學，皆自謂本於老子，而實失老子之旨。史公自序述其父說道德與名法各爲一家，而於此贊又明辨之，言其似同而實異也。說者譏韓非不當與老子同傳，蓋未喻史公微旨。

王鳴盛十七史商榷：貞所移易篇次，有非是者，有似是而不必者。如老韓同傳，正以老子淸虛，不有其身，故無情，則必入於深刻，故使同傳。今乃謂其敎迹全乖而欲移之，眞強作解事。

題炎武日知錄：班孟堅爲書，束於成格。而不得變化。且如史記淮陰侯傳末載蒯通事，令人讀之感慨有餘味。淮南王傳中伍被與王答問語，情態橫出，文亦工妙。今悉删之，而以蒯伍合江充息夫躬爲一傳，蒯最冤，伍次之，二淮傳寥落不堪讀矣。

章實齋文史通義書敎下：伯夷列傳乃七十篇之序例，非專爲伯夷傳也。屈賈列傳，所以惡絳灌之讒。其叙屈之文，非爲屈氏表忠，乃弔賈之賦也。倉公錄其醫案，貨殖兼書物產，龜策但言卜筮，亦有因事命篇之意，初不沾沾爲一人具始末也。張耳陳餘，因此可以見彼耳。孟子荀卿，總括游士著書耳。名姓標題，往往不拘義例，僅取篇題。傳如關雎鹿鳴所指乃在嘉賓淑女，而或且譏其位置不倫。（原注如孟子與三鄒子）。或又摘其重複失檢（原注如子貢已在弟子傳。又見於貨殖）。不知古人著書之旨，而轉以後世拘守之成法。反訾古人之變通，亦知遷書體圓而用神，猶有尙書之遺者乎？

乃子正子元轉以此致疑，殆亦千慮之一失乎？

司馬貞補史記序：「其間禮樂刑政，君舉必書。襃善懲淫，用垂炯誡。事廣而文局。詞質而理暢，斯亦盡美矣。而未盡善者，具如後論。雖意出當時，而義非經遠。蓋先史之未備，成後學之深疑。借如本紀敘五帝而闕三皇，世家載列國而有外戚；鄭許春秋次國，略而不書；張吳敵國蕃王，折而不載；並編錄有闕，竊所未安。又列傳所著，有管晏及老子韓非。管晏乃齊之賢卿，即如其例，則吳之延陵，鄭之子產，晉之叔向，衛之史魚，盛德不闕。何爲蓋闕？伯陽清虛爲教，韓子峻刻制法，靜躁不同，德刑斯舛。今宜柱史共漆園同傳，公子與商君並列，可不善歟？其中遠近乖張，詞義蹐駁，或篇章倒錯，或贊論麤疎，蓋由遭逢非罪，有所未暇，故十篇有錄無書是也。

劉知幾史通人物篇：「子長著史記也，馳騖古今，上下數千載。至如皋陶伊尹傅說仲山甫之流，並列經誥，名存子史。功烈尤顯，事迹居多。盍各采而編之，以爲列傳之始。而斷以夷齊居首，何齟齬之甚乎？」

又譏說：「太史公述儒林則不取游夏之文學，著循吏則不言冉季之政事，至於貨殖爲傳，獨以子貢居先。成人之美，不其缺如？」

逮炎精再興，班氏繼作。叔皮斟酌前史，首著慎覈整齊之論；

范曄後漢書班彪傳：「彪乃繼採前史遺事，傍貫異聞，作後傳數十篇，因斟酌前史而譏正得失。其略論曰：「（前略）今此後篇，愼覈其事，整齊其文。不爲世家，唯紀傳而已。」

孟堅綴集遺聞，復標文贍事詳之美。

范曄後漢書班固傳論：「司馬遷班固父子，其言史官載籍之作，大義粲然著矣。議者咸稱二子有良史之才。遷文直而事覈，固文贍而事詳。若固之序事，不激詭，不抑抗，贍而不穢，詳而有體，使讀之者亹亹而不厭，信哉其能成名也。」

觀固自序，亦將以緯六經，綴道綱，總百氏，贊篇章，誠足以媲美子長矣。後之論者，或甲班而乙馬，

劉知幾史通鑒識篇：「遂史漢繼作，踵武相承。王充既甲班而乙馬」。（原注：王充謂彪文義浹備，紀事詳贍。觀者以爲甲，以太史公爲乙也。）

或劣固而優遷，

劉知幾史通鑒識篇：「張輔持論，又劣固而優遷。」（原注：張輔名士優劣論曰。世人稱司馬遷班固之才優劣，多以班爲勝。余以爲史遷敍三千年事，五十萬言。班固敍二百年事，八十萬言。煩省不敵，固之不如遷必矣。）

又煩省篇：「昔荀卿有云：遠略近詳，則知史之詳略不均，其爲辨者久矣。及干令升史議，歷詆諸家，而獨歸美左。云丘明能以三十卷之約，括囊二百四十年之事，靡有孑遺。斯蓋立言之高標，著作之良模也。又張世偉著班馬優劣論云：遷敘三千年事，五十萬言。固敘二百四十年事，八十萬言。是班不如馬也。然則自古論史之煩省者，咸以左氏爲得，史公爲次，孟堅爲甚。（中略）余以爲近史蕪累，誠則有諸。亦猶古今不同，勢使之然也。」

或謂班書體密爲優，

趙翼二十二史劄記：「魏禧序十國春秋，謂遷僅工於文，班固則密於體，以是爲史漢優劣。不知無所因而特創者難爲功，有所本而求精者易爲力，此固未可同日語耳。至於篇目之類，固不必泥於一定，或前代所有而後代所無，或前代所無而後代所有，自不妨隨時增損改換。」

或許史遷文樸可喜。

洪邁容齋隨筆：「史記衛青傳，校尉李朔，校尉趙不虞，校尉公孫戎奴，各三從大將軍獲王，以千三百戶封朔爲涉軹侯，以千三百戶封不虞爲隨成侯，以千三百戶封戒奴爲從平侯。前漢書但云校尉李朔趙不虞公孫戒奴，各三從大將軍。封朔爲涉軹侯，不虞爲隨成侯，戒奴爲從平侯。比於史記，五十八字中，省二十三字，然終不若史記樸贍可尋。」

抑揚任意，高下在心，要未可爲定論也。千古而下，惟實齋章氏圓神方智之說，獨能得二家之精髓，識兩京之風尚。

章學誠文史通義書敎下：「尚書一變而爲左氏之春秋，尚書無成法，而左氏有定例，以緯經也。左氏一變而爲史遷之紀傳，左氏依年月，而遷書分類例，以搜逸也。遷書一變而爲班氏之斷代，遷書通變化，而班氏守繩墨，以示包括也。就形貌而言，遷書遠異左氏，而班史近同遷書。蓋左氏體直，而自爲編年之祖，而馬班曲備，皆爲紀傳之祖也。推精微而言，則遷書之去左氏也近，而班史之去遷書也遠。蓋遷書體圓用神，多得尚書之遺。班氏體方用智，多得官禮之意也。」

後世史家，所以多擷蘭臺之餘芬，鮮及龍門之高躅者，豈非體方者易循，神圓者難學乎？故仲豫删略班書，尚稱典要。

四庫全書總目：「漢紀三十卷，荀悅撰。獻帝好典籍，以班固漢書文繁難省，乃令悅依左氏傳體爲漢紀三十篇，詞約事詳，論辨多美。張璠漢紀，亦稱其因事以明臧否。致有典要，大行於世。」

而褚生補苴馬史，徒見鄙辭也。

顏師古漢書司馬遷傳注引張晏曰：遷沒之後，亡景紀武紀禮書樂書兵書漢興以來將相年表日者列傳三王世家龜策列傳傅靳列傳，元成之間，褚先生補缺作武帝紀三王世家龜策日者傳，言辭鄙陋，非遷本意也。○按趙甌北劄十篇之外，尚有少孫增入者。詳見廿二史劄記，文繁不具錄。

若夫東觀之記，時歷三朝，人更十姓。自唐世以前，齊軌馬班，取範後代，名重已久，今雖零落，而遺文逸簡，猶足補范史之闕文，存一代之大典，亦史部之宏製哉；

劉知幾史通正史篇：「在漢中興，明帝始詔班固與睢陽令陳宗長陵令尹敏司隸從事孟異作世祖本紀，並撰功臣及新市平林公孫述事作列傳載記二十八篇。（按四庫總目提要曰：此漢紀之初創也。）自是以來，春秋考紀，亦以煥炳。而忠臣義士，莫之撰勒。於是又詔史官謁者僕射劉珍及諫議大夫李尤，雜作紀表名臣節士儒林外戚諸傳。起自建武，訖乎永初。事業垂竟，而珍尤繼卒。（按提要曰：此漢紀之初續也。）復命侍中伏無忌與諫議大夫黃景作諸王王子功臣恩澤侯表，南單于西羌傳，地理志。至元嘉元年，復令太中大夫邊韶大軍營司馬崔寔議郎朱穆曹壽雜作孝穆崇二皇及順烈皇后傳，又增外戚傳入安思等后，儒林傳入崔篆諸人。寔壽又與議郎延篤雜作百官表，順帝功臣孫程郭願鄭衆蔡倫等傳。凡百十有四篇，號曰漢記。（按提要曰：此漢記之再續也。蓋至是而史體粗備。乃肇有漢記之名。）熹平中，光祿大夫馬日磾議郎蔡邕楊彪盧植著作東觀接續紀傳之可成者。而邕別有朝會車服二志，後坐徙朔方，上書求還續成十志。董卓作亂，舊文散逸，及在許都楊彪頗注記。（按提要曰。此漢記之三續也。）

錢大昕十駕齋養新錄：「續漢書郡國志，今錄中興以來郡縣改異及春秋三史會同征伐地名。三史謂史記漢書及東觀史也。吳志呂蒙傳注引江表傳，權爲蒙曰：孤統軍以來，省三史諸家兵書，大有益。又孫峻傳注，引吳書留贊。好讀兵書及三史。晉書傳休奕傳，撰論三史故事，評斷得失。隋書經籍志有三史略二十九卷，吳太子太傅張溫撰，皆指此。自唐以來，東觀記失傳，以范蔚宗書當三史之一。」

劉知幾史通模擬篇：「大抵作者，自魏已前，多效三史。」四庫全書總目晉時以此書與史記漢書爲三史，人多習之。故六朝及初唐人隸事釋書中，頗多徵引。自唐章懷太子集諸儒註范書。盛行於代。此書遂微。（中略）書所載，如章帝之詔增修羣祀、杜林之議郊祀、東平王蒼之議廟舞，並一朝大典。而范書均不詳載其文。

七　篇體變古之漸

漢世羣才，造作日富。餘力未深，體製遂繇。是故悅豫之懷宜而頌贊作，悼痛之情發而哀誄興。銘以稱功，著弘潤之能；箴以補闕，昭敬愼之美；碑以崇德，極揄揚之才。莫不隨事命名，稱情立體，含章耀采，緯詩經文。觀彥和之所評隲，

劉勰文心雕龍頌贊篇：「漢之惠景亦有述容，沿世並作，相繼於時矣。若夫子雲之表充國，孟堅之序戴侯，武仲之美顯宗，史岑之述熹后，或擬淸廟，或範駉那。雖淺深不同，詳略有異，其褒德顯容，典章一也。至於班傅之北征西征（原作巡撥御

覽改），變爲序引，豈不褒過而謬體哉？馬融之廣成東巡，（原作上林，據藝文，類聚初學記御覽改。）雅而似賦，何弄文而失質乎？又崔瑗文學，蔡邕樊渠，並致美於序，而簡約乎篇。摯虞品藻，頗爲精覈。至云雜以風雅而不變旨趣，徒張虛論有。似黃白之僞說矣。」

又：「至相如屬筆，始讚荊軻，及遷史固書，託讚褒貶。約文以總錄，頌體而論辭。」

又：「紀傳後評，亦同其名。而仲治流別，謬稱爲述，失之遠矣。」

又箴銘篇：「若班固燕然之勒，旭張（原作昶，據唐本改。）華陰之碣，序亦盛矣。蔡邕之銘，（原作銘思獨冠古今，據御覽改。）思獨古今；橋公之鉞，吐納典謨；朱穆之鼎，全成碑文，溺所長也。至於敬通雜器，準矱武銘，（原作戒銘。據唐本改。）而事非其物，繁略違中。崔駰品物，贊多戒少；李尤積篇，義儉辭碎；蓍龜神物，而居博弈之中；衡斛嘉量，而在臼杵之末。曾名器之未暇，何事理之能閑哉？又：「戰代以來，棄德務功。銘辭代興，箴文委絕。至揚雄稽古，始範虞箴，作卿尹州牧二十五篇。及崔胡補綴，總稱百官，指事配位，鞶鑑有徵，可謂追清風於前古。攀辛甲於後代者也。」

又誄碑篇：「暨乎漢世，承流而作。揚雄之誄元后，文實煩穢。沙麓撮要，而摯疑成篇，安有累德述尊。而闊略四句乎？杜篤之誄，有譽前代。吳誄雖工，而他篇頗疎。豈以見稱光武。而改盼千金哉？傅毅所製，文體倫序。孝山崔瑗，辨絜相參。觀其序事如傳，（據唐本增其事二字。）辭靡律調，固誄之才也。」

又：「自後漢以來，碑碣雲起。才鋒所斷，莫高蔡邕。觀楊賜之碑，骨鯁訓典。陳郭二文，句無擇言。周胡（原作乎，據唐本改。）衆碑，莫非清允。其敘事也該而要。其綴采也雅而澤，清詞轉而不窮。巧義出而卓立。察其爲才，自然而至矣。孔融所創，有慕伯喈。張陳兩文，辨給足采，亦其亞也。」

又哀弔篇：「暨漢武封禪，而霍嬗（原作子侯，據唐本改。）暴亡。帝傷而作詩，亦哀辭之類矣。降及後漢，汝陽王亡。崔瑗哀辭，始變前式。（原作代，據唐本改。）然履突鬼門，怪而不辭。駕龍乘雲，仙而不哀。又卒章五言，頗似歌謠。亦仿佛乎漢式也（原作武。據唐本改。）。至於蘇順張升並述哀文，雖發其華，而未極其實。」

又：「自賈誼浮湘，發憤弔屈。體同而事覈，辭清而理哀，蓋首出之作也。及相如之弔二世，全爲賦體。桓譚以爲其言惻愴，讀者嘆息。及卒（原作平，據唐本改。）章要切，斷而能悲也。揚雄弔屈，思積功寡，意深反騷。（原作文略，據唐本改）。故辭韻沈膇。班彪蔡邕，並敏於致詰。（原作語。據唐本改。）然影附賈氏，難爲並驅耳。」

流別之所品藻，

摯虞文章流別論：「昔班固爲安豐戴侯頌，史岑爲出師頌，和熹鄧后頌，與魯頌體意相類。而文辭之異，古今之變也。揚雄趙充國頌，頌而似雅。傅毅顯宗頌，文與周頌相似，而雜以風雅之意。若馬融廣成上林之屬，純爲今賦之體，而謂之頌，失之遠矣。」

又：「揚雄依虞箴作十二州，十二（嚴可均曰：十二當作二十五。）官箴，而傳於世，不具九官。崔氏累世彌縫其闕，胡公又以次其首目而爲之辭，署曰百官箴。」

又：「夫古之銘至約，今之銘至繁。亦有由也。質文時異，則既論之矣。且夫上古之銘，銘於宗廟之碑。蔡邕爲楊公作碑，其文典正，末世之美者也。後世以來，器銘之嘉者，有王莽鼎銘，崔瑗机銘，朱公叔鼎銘，王粲硯銘。咸以表顯功德，天子銘嘉量，諸侯大夫銘太常。勒鐘鼎之義，所言雖殊，而令德一也。李尤爲銘，自山河都邑至於刀筆平契，無不有銘，文多穢病，討論潤色，言可采錄。」又：「哀辭者，誄之流也，崔瑗蘇順馬融等爲之。率以施於童殤夭折，不以壽終者。」既有以得其高下矣。而二氏所評各家，大都東京之彥。故班志藝文，於此諸作，不與詩賦，比量同觀。

按藝文志，於六藝諸子之外，特立詩賦一略，不以屬之六藝之詩家樂家。而李思孝景皇帝頌十五篇入賦家，劉安劉向等琴頌七篇出樂家（按漢志凡樂六家，百六十五篇。班固自注，出淮南劉向等琴頌七篇。據顏師古注，知劉歆七略本有班氏出之者。賦家劉向賦三十三篇。沈欽韓曰。樂家出琴頌，應入此。）黃帝銘六篇入道家，又劉向之列女傳頌（按漢志儒家劉向所序六十七篇。自注，新序說苑世說列女傳頌圖也。）揚雄之州箴官箴酒箴（按漢志儒家揚雄所序三十八篇。自注，太玄十九，法言十三，樂四，箴二。沈欽韓曰。後漢書胡廣傳，初揚雄依虞箴作十二州二十五官箴，其九箴亡闕，則雄見存應有二十八箴也。陳遵傳，成帝令雄作酒箴。王先謙曰：史索隱引作酒賦，蓋在賦家十二篇中。）司馬相如之荆軻讚（按漢志雜家荆軻論五篇。自注，司馬相如等論之。王應麟曰：文章緣起，司馬相如作荆軻讚。文心雕龍，相如屬筆始讚荆軻。章太炎曰：司馬相如始爲荆軻讚，以輔助論者。據此則讚應與論相系屬者。）以及孔甲盤盂銘大禽荷簏銘夏箴皆附入諸子略中。以此推之，知董仲舒之山川頌（見古文苑）東方朔之旱頌（見藝文類聚）吾丘壽王之驃騎將軍頌（見後漢書班固傳）淮南王之國都頌（見本傳）王褒之甘泉頌，洞簫頌，聖主得賢臣頌（見本傳）碧鷄頌（見後漢書西南夷傳）劉向之高祖頌（見漢書高祖紀贊）熏鑪銘（見文選景福殿賦注）劉歆之斛銘（見隋書律歷志上）亦當或入賦家，或在其所著書中，皆不特著其目。不同詩賦之別出一略，豈非以凡此諸體，作者寥寥，不足與詩賦比隆歟？

若夫名實之異，體用之殊，後賢於此，每多詬病。斯固綜覈之正術，非變通之微旨矣。

按彥和論頌則稱告神之體，浸被於人物。論贊則稱明助之用，漸變爲貶褒。論銘箴則識矢言之道蓋闕，庸器之制久淪。論誄碑則申貴賤長幼之義，詳禪岳麗牲之用。仲治論頌致意於古頌之義，論銘反覆於銘器之文。論碑辨析於廟塚之制。可謂能互名辨物者矣。然詳觀二氏所論，雖於名實體用之間，辨別至明，亦未嘗不以爲古今質文之變也。近世太炎章氏，病後世文敝，務爲綜覈，遂斥漢末文士事不師古，以意題別。謂宜刊剟殊名，言從其本。意主砭時，言遂激越。至欲省歷哀祭碑狀諸體，斯執法之過，近於寡恩。好古之篤，嫌於拘泥者矣。

蓋文心善變而靡窮，篇體隨時而代用。或蟺蛻於初型，或蕃衍於古式，惟變所適，孳乳寖多。且東漢之時，四言既成弩末，賦體已嘆觀止。才智之士，錯綜詩賦之體，經緯文筆之用。塗軌別開，故能託雅致於柔毫，發奇情爲新采，雖未盡準的前修，庶幾楷模後世矣。然如伯喈擅美碑製，猶不免諛墓之譏；

顧炎武日知錄：「蔡伯喈集中，爲時貴碑誄之作甚多。如胡廣陳寔各三碑，橋玄楊賜胡碩各二碑，至於袁滿來年十五，胡根年七歲，皆爲之作碑。自非利其潤筆，不至爲此。史傳以其名重，隱而不言耳。文人受賕，豈獨韓退之諛墓金哉。」

按後漢書郭泰傳，泰卒，四方之士千餘人皆來會葬。同志者乃共刻石立碑，邕爲文。旣而謂涿郡盧植曰：吾爲碑銘多矣。皆有慙德，唯郭有道無愧色耳。則亭林之識，未爲過矣。準此而推，讚頌銘誄之文，專務溢辭，背立誠之訓，概可知矣。故恆範世要論，議讚象之文。以虛爲盈，以亡爲有，聖人所疾，庶人所恥。又論銘誄之作，勢重者稱美，財富者文麗。欺曜當時，疑誤後世。考範建安時人，其所譏彈若此，則當世文弊，已爲有識所非議矣。

自餘樂松之徒，其淺陋妖僞，更不足論矣。斯則人心風俗之憂，所謂衰世之文也已。

劉勰文心雕龍時序篇：「降及靈帝，時好辭製。造羲皇之書，開鴻都之賦，而樂松之徒，招集淺陋。故楊賜號爲驩兜，蔡邕比之俳優，其餘風遺文蓋蔑如也。」

楊賜虹蜺對，又鴻都門下，招會羣才，造作賦說。以蟲篆小技，見寵于時。如驩兜共工，更相薦說。旬月之間，並各拔擢。

蔡邕上封事陳政要七事，其五事曰：臣聞古者取士，必使諸侯歲貢。孝武之世，郡舉孝廉，又有賢良文學之選。于是名臣輩出，文武並興。漢之得人，數端而已。夫書畫辭賦，才之小者。匡國理政，未有其能。陛下即位之初，先涉經術。聽政餘日，觀省篇章。聊以游意，當代博奕，非以教化取士之本。而諸生競利，作者鼎沸。

其高者頗引經訓諷諭之言，下則連偶俗語，有類俳優。或竊成文，虛冒名氏。陽球奏罷鴻都文學疏，案松覽等皆出於微蔑斗筲小人，依憑世戚，附託權豪，俛眉承睫，微進於時。或獻賦一篇，或鳥篆盈簡。而位升郎中，形圖丹青。亦有筆不點牘，辭不辯心，假手請字，妖僞百品。莫不被蒙殊恩，蟬蛻滓濁，是以有識掩口，天下嗟歎。

八　建安文學之殊尚

漢自桓靈失德，方宇崩潰。學術則拘墟成說，靡所發明；文章則馳騁華詞，漸入煩濫。蓋道文已離，而情性亦舛矣。魏武以命世之才，値喪亂之運。長懷慷慨，雅尚篇章，雄圖所屆。不特鷹瞵寰區，直欲虎變文囿。是以海內才傑，咸萃洛都，武略既宣，文風斯盛。

劉勰文心雕龍時序篇：「自獻帝播遷，文學蓬轉。建安之末，區宇方輯。魏武以相王之尊，雅愛詩章，文帝以副君之重，妙善辭賦，陳思以公子之豪，下筆琳琅，並體貌英逸，故俊才雲蒸，仲宣委質於漢南，孔璋歸命於河北，偉長從官於青土，公幹徇質於海隅，德璉綜其斐然之思，元瑜展其翩翩之樂文，蔚休伯之儔，于叔德祖之侶，傲雅觴豆之前，雍容衽席之上。灑筆以成酣歌，和墨以藉談笑。觀其時文，雅好慷慨。良由世積亂離，風衰俗怨。並志深而筆長，故梗概而多氣也。」

曹植與楊德祖書：「僕少小好爲文章，迄至於今，二十有五年矣。然今世作者，可略而言也。昔仲宣獨步於漢南，孔璋鷹揚於河朔，偉長擅名於青土，公幹振藻於海隅，德璉發跡於北魏，足下高視於上京。當此之時，人人自謂握靈蛇之珠，家家自謂抱荊山之玉。吾王於是設天網以該之，頓八紘以掩之，今悉集茲國矣。」

雖四曹競爽，互有短長。

劉勰文心雕龍才略篇：「魏文之才，洋洋清綺。舊談抑之，謂去植千里。然子建思捷而才儁，詩麗而表逸。子桓慮詳而力緩，故不競於先鳴。而樂府清越，典論辯要，迭用短長，亦無懵焉。但俗情抑揚，雷同一響。遂令文以位尊減才，思王以勢窘益價，未爲篤論也。」

鍾嶸詩品上品：「魏陳思王植，其源出於國風。骨氣奇高，詞彩華茂。情兼雅怨，體被文質。粲溢今古，卓爾不羣。嗟乎，陳思之於文章也，譬人倫之有周孔，鱗羽之有龍鳳。音樂之有琴笙，女工之有黼黻。俾爾懷鉛吮墨者，抱篇章而景慕，映餘暉以自燭。故孔氏之門如用詩，則公幹升堂，思王入室，景陽潘陸，自可坐於廊廡之間矣。」

又中品：「魏文帝，其源出於李陵。頗有仲宣之體則，新奇百許篇，率皆鄙直如偶語。惟西北有浮雲十餘首，殊美贍可翫，始見其工矣。不然，何以銓衡羣彥，對揚厥弟者耶？」

又下品：「魏武帝，魏明帝，曹公古直甚有悲涼之意。叡不如丕，亦稱三祖。」

按彥和仲偉持論不同。若覈其實：文帝才麗而思放，思王藻深而情鬱，藻麗乃當世之同風，放鬱則二人之殊致。然放者易流，鬱者難盡。放者近誕，鬱者彌真。以此論之，鍾評差勝。惟列孟德於下品，以爲劣於二子，則不免囿於重文輕質之見。實則武帝雄才雅量，遠非二子所及。雖篇章無多，而情韻彌厚。悲而能壯，質而不野。無意於工，而自然諸美，猶有漢人遺風。此乃天機人力之分，非可同日而語也。若明帝之居下品，庶無可譏者。後人如王元美，亦發子建不如父兄之論。大氐異丕之俊放，病植之溫雅耳。

七子聯珠，各懷偏至。

魏文帝典論論文：「今之文人，魯國孔融文舉，廣陵陳琳孔璋，山陽王粲仲宣，北海徐幹偉長，陳留阮瑀元瑜，汝南應瑒德璉，東平劉楨公幹。斯七子者，於學無所遺，於辭無所假，咸以自騁驥騄於千里，仰齊足而並馳。以此相服，亦良難矣。蓋君子審己以度人，故能免於斯累而作論文。王粲長於辭賦，徐幹時有齊氣，然粲之匹也。如粲之初征登樓槐賦征思，幹之玄猿漏卮員扇橘賦，雖張蔡不過也。然於他文未能稱是。琳瑀之章表書記，今之儁也。應瑒和而不壯，劉楨壯而不密，孔融體氣高妙，有過人者。然不能持論，理不勝詞。至於雜以嘲戲，及其所善，揚班儔也。」

又與吳質書：「觀古今文人，類不護細行，鮮能以名節自立。而偉長獨懷文抱質，恬淡寡欲，有箕山之志，可謂彬彬君子者矣。著中論二十餘篇，成一家之言，辭義典雅，足傳於後，此子爲不朽矣。德璉常斐然有述作之意，其才學足以著書，美志不遂，良可痛惜！間者歷覽諸子之文，對之抆淚。既痛逝者，行自念也。孔璋章表殊健，微爲繁富。公幹有逸氣，但未遒耳。其五言詩之善者，妙絕時人。元瑜書記翩翩，致足樂也。仲宣獨自善於辭賦，惜其體弱，不足起其文。至於所善，古人無以遠過。」

劉勰文心雕龍才略篇：「仲宣溢才，捷而能密。文多兼善，辭少瑕累。摘其詩賦，則七子之冠冕乎？琳瑀以符檄擅聲，徐幹以賦論標美，劉楨情高以會采，應瑒學優而得文。」

按合二氏所論，仲宣兼善而詩賦尤美，故能獨冠羣才。偉長之賦，其匹敵也。而子桓稱其有齊氣，殆以其才辯，有稷下諸子之風歟？齊或作奇，非。林瑀長於章表符檄，書記之美者也。公幹五言，仲偉以輔思王，德璉和而不壯。彥和所謂學優之文，又其貳也。此皆前世的評，較然可信者矣。

而大柢所歸，皆主氣質。矩度裁成，雖足振蕩衰劫，猶未追蹤典則。蓋偏霸之雄才，非休明之極軌也。

魏文帝典論論文：「文以氣爲主。氣之淸濁有體，不可力强而致。譬之音樂，曲度雖均，節奏同檢。至於引氣不齊，巧拙有素，雖在父兄，不能以移子弟。」

沈約宋書謝靈運傳論：「若夫平子豔發，文以情變。絕唱高蹤，久無嗣響。至於建安，曹氏基命，三祖陳王，咸蓄盛藻。甫乃以情緯文，以文被質。自漢至魏，四百餘年。辭人才子，文體三變。相如工爲形似之言，二班長於情理之說，子建仲宣以氣質爲體，並標能擅美，獨映當時。」

按彥和風骨篇，暢發主氣之旨。謂魏文稱文以氣爲主，故其論孔融則云體氣高妙，論徐幹則云時有齊氣，論劉楨則云有逸氣。公幹亦云孔氏卓卓，信含異氣。而彥和論建安文士，亦多舉氣爲言。如論詩有慷慨以任氣之語，論樂府有魏之三祖氣爽才麗之言，論才略有孔融氣盛，論體性有公幹氣褊之說。然則主氣之論，實建安文學之殊尙矣。竊常論之，文帝所謂氣，即彥和所謂風。風者文中所述之情思，有運行流暢之力者也，亦即文家所謂意，意者志也。志亦兼情思爲言，故在人則爲情思，爲氣質，爲意志。在文則爲氣，爲風，爲力。言各從其便，皆與文章之采色對稱。故彥和中論重氣之旨，舉翬翟備色而力沉，鷹隼乏采而氣猛爲喩。東漢文敝。作者好騁詞華，絕無新意。雖藻采鋪棻，而情思索莫。緣經術久漸，文尙和緩。辭賦已盛，人競敷陳。二者之弊，遂成庸凡漫衍之習。且於時民俗，偷薄散緩，魏武救之以刑名，務爲清峻。而海宇多事，才士皆有慷慨靖亂之心。言爲心聲，發而不覺。文舉正平已肇其端，建安諸子益張其勢。是則文氣之論，雖發自子桓，實得於人心所同然，蓋亦有補偏救弊之意也。

故彥和論文，於此諸家，微存貶抑。

劉勰文心雕龍明詩篇：「曁建安之初，五言騰踊。文帝陳思，縱轡以騁節。王徐應劉，望路而爭驅，並憐風月，狎池苑，述恩榮，敘酣宴。慷慨以任氣，磊落以使才。造懷指事，不求纖密之巧。驅辭逐貌，唯取昭晰之能，此其所同也。」

又樂府篇：「至於魏之三祖，氣爽才麗，宰割辭調，音靡節平。觀其北上衆引秋風列篇，或述酣宴。或傷羈戍。志不出於淫蕩，辭不離於哀思。雖三調之正聲，實韶夏之鄭曲也。」

豈非術兼名法，士崇跅弛之所致乎？

按彥和謂魏之初霸，術兼名法。風聲所被，人務校練，未能和雅，而好臧否異同，論辨之風以著。其後遂有鍾傅校練一流。又魏武自得冀州，崇獎跅弛之士。雖負汙辱之名，見笑之行，不仁不孝，而有治國用兵之術者，皆在所甄拔。世俗化之，相矜以通侻，不檢束於禮義。自是以來，儒術日輕，玄風漸啓。故其志意淫蕩，情辭哀急，而士風放矣。其後遂有裴荀玄遠一派。

今綜觀當時文製，五言一體，實多傑構，推原其故：鄴下諸子，陪游東閣，從容文酒，酬答往復，輒以吟詠相高一也。

魏文帝與吳質書：「日昔游處，行則連輿，止則接席，何曾須臾相失？每至觴酌流行，絲竹並奏，酒酣耳熱，仰而賦詩，當此之時，忽然不自知樂也。」

又敍詩：「爲太子時，北園及東閣講堂並賦詩，命王粲劉楨阮瑀應瑒等同作。」

鍾嶸詩品上品序：「降及建安，曹公父子，篤好斯文。平原兄弟，鬱爲文棟。劉楨王粲爲之羽翼。次有攀龍託鳳，自致於屬車者，蓋將百計。彬彬之盛，大備於時矣。」

五言新製，天機乍啓。人力未臻，後起之傑，得以使才，二也。

按漢魏五言，論者各異。或標其同，或摘其異。標其同者，如嚴滄浪云：漢魏之詩，詞理意興，無迹可求。摘其異者，如陳繹曾云：凡讀漢詩，先眞實，後文華。凡讀建安詩，於文華中取眞實。又云：東都以下主情，建安以下主意。亦有於同異之間，加以區別者。如許學夷云：漢魏同者，情與所至。以情爲詩，故於古爲近。魏人異者，情與未至。以意爲詩，故於古爲遠。同者乃風人之遺響，異者爲唐古之先驅。又云：漢魏五言，滄浪見其同而不見其異，元瑞見其異而不見其同。愚按魏之於漢，同者十之三。異者十之七。同者爲正，而異者始變矣。漢魏同者，情與所至，以不意得之。故其體皆委婉而語皆悠圓，有天成之妙。魏人異者，情興未至。始着意爲之，故其體多敷敘而語多構結，漸見作用之迹。故漢人篇章不越四五，而魏人多至成什矣。合觀三說，可知漢詩發於自然，不假人力。魏詩亦有之，魏詩成於學力，兼見天眞。漢詩或無之，此非漢劣於魏。緣此體在漢初不爲學者所重，其體未尊。流傳之作，多無名氏，是其證也。然正因此得全其天眞。魏代此體已成，文人競作，好之彌篤，爲之遂工。然學優才絀者爲之，則徒見作用，徒有敷敘。轉失自然之趣，此亦文體流變之公例也。任合一體之源流觀之，迹象宛然，不難指掌而得。未易遽以時之古今，判高下之界也。

又其末葉，持論漸精，論著之文，遂高往代。

見後論魏晉論著文節下。

其餘衆製，若賦頌碑銘之流，檄表哀誄之類，體必恢宏，辭每繁博，則固增華於漢式者也。雖亦未乏宏才，不足獨標世美矣。

按文心雕龍論賦但舉仲宣偉長，論誄但稱陳思，論章表但列孔璋陳思。論碑碣則謂孔融所創，有慕伯喈，論頌贊則稱魏晉辨頌，鮮有出轍，或踵武前修，或增華後代。要不足比隆五言也。故論魏代文學者，當於彼不於此。亦猶漢主於賦，唐主於詩，各有殊美，以爲一代標目也。

九　魏晉之際論著文之盛況

邕思理之精蘊，發文章之奧采，易漢氏之頹轍，振戰代之宗風者，其魏晉論著之文乎？自兩京崇儒，百家被黜，石渠論藝，白虎講經，儒言之宏，於斯爲極。雖美制略存，而遺文久缺，居今思古，慨然而已。

按西漢宣帝甘露元年，召五經名儒太子太傅蕭望之等，大議殿中。平公羊穀梁同異，各以經處是非（儒林傳）。三年，詔諸儒講五經同異。太子太傅蕭望之等平奏其議，上親稱制臨決焉（宣帝紀）。其與議石渠諸儒，蕭望之外，姓名見儒林傳者，凡二十二人：易家二人：博士沛施讎，黃門郎東萊梁丘臨。書家五人：博士千乘歐陽地餘，濟南林尊，譯官令齊周堪，博士扶風張山拊，謁者陳留假倉；詩家三人：淮陽中尉韋玄成，博士山陽張長安，沛薛廣德；禮家二人：博士梁戴聖，太子舍人沛聞人通漢；公羊家五人：博士嚴彭祖，侍郎申輓伊推宋顯許廣；穀梁家五人。議郎汝南尹更始，待詔劉向周慶丁姓，中郎王亥。其議奏之見於藝文志者，書四十二篇，禮三十八篇，春秋三十九篇，論語十八篇，五經雜議十八篇，凡一百五十五篇。

又按東漢章帝建初四年，詔下太常將大夫博士議郎郎官及諸王諸儒，會白虎觀，講議五經同異，帝親稱制臨決。其制有承制問難者，有與議者，有奏上者，有撰集者。其姓名可考者，承制問難者：五官中郎將魏應習魯詩，與議者，魯恭習魯詩，賈逵習古文尚書左氏傳毛詩周官穀梁，丁鴻習歐陽尚書，廣平王羨未詳，成封未詳，樓望習嚴氏春秋，桓郁習歐陽尚書，楊終習春秋，李育習公羊春秋。奏上者，淳於恭。撰集者，班固。其議奏，隋唐時已亡。今存白虎通四卷，出後人改編。

又有師儒授業，競作經注。衡其體例，亦復多門。雖聖意不墜，微言獲宜，是其所長，而末流煩冗，亦見羞通士。

按漢人注經，約有數體：「一曰章句，沈欽韓曰：章句者，經師指括其文，敷暢其義，以相教授也。左宣三年傳疏，服虔載賈逵鄭衆或人三說。鮮叔群曰：子之馬然也，此章句之體也。斯體之失，往往過繁，為通儒所羞，如揚子雲自傳，稱不為章句，訓詁通而已。班固傳稱其不爲章句，但舉大義是也。然其初固學者之始事。記所謂離經辨志之功也；一曰解故，沈欽韓曰：解故不必盡人能爲，章句各師具有。煩簡不同耳；一曰傳，王先謙曰：鄭敍云：張生歐陽生從伏生學，數子各論所聞，以己意彌縫其闕。別作章句，又特撰大義，因經屬指，名之曰傳。傳者轉也，轉授經旨，以示於後。古者傳體不但傳人事，傳理亦通用此名；一曰微，師古曰：微者釋其微旨。沈欽韓曰：微者春秋之支別，與鐸氏微同義。又曰：十二諸侯年表，鐸椒爲楚威王傅。爲王不能盡觀春秋，采取成敗，卒四十章，爲鐸氏微。然則微者，撮要之類也。又依經義推演而作者，有內傳外傳之稱，傳亦曰記，解故或有簡稱故。師古曰：故者通其指義也，又或稱故訓。故詁，古今異言。訓，道物之貌以告人也。弟子展轉相授者，又曰說。其時傳記故訓大都別行，後世始分繫經文之下。蓋本師儒論學辨理之文，即其人之著述也。彥和論列四品，釋經爲其一，可謂識前代之文體矣。

凡此二家，亦論著之盛軌矣。然其圍範所及，不出六學。又必依經敷旨，本師著說，未能別出胸懷，自闢戶牖。至於陸賈以降，辨事議政之作，箴時方人之論，雖亦條支九流，而皆蔓延雜說。上焉者固足發明己志，垂聲來葉；下焉者則體勢漫弱，依採貽譏矣。

劉勰文心雕龍諸子篇：「若夫陸賈新語，賈誼新書，揚雄法言，劉向說苑，王符潛夫，崔實政論，仲長昌言，杜夷幽求，咸敍經典，或明政術。雖標論名，歸乎諸子。何者？博明萬事爲子。適辨一理爲論。彼皆蔓延雜說，故入諸子之流。夫自六國以前，去聖未遠。故能越世高談，自開戶牖。兩漢以後，體勢漫弱，雖明乎坦途，而類多依採，此遠近之漸變也。」

桓範世要論序作篇曰：「夫著作書論，乃欲闡弘大道，述明聖教。推演事義，盡極情類。記是貶非，以爲法式。當時可行，後世可修。且古者富貴而名賤廢滅，不可勝記，唯篇論俶儻之人爲不朽耳。夫奮名於百代之前，而流譽於千載之後，以其覽之者益，聞之者有覺故也。豈徒轉相放效，名作書論，浮辭談說，而無損益哉？而世俗之人，不解作體，而務汎溢之言，不存有益之義，非也。故作者不尚其辭麗，而貴其存道也；不好其巧慧，而惡其傷義也。故夫小辯破道，狂簡之徒，斐然成文，皆聖人之所疾矣。」（見羣書治要）

章炳麟國故論衡論式篇：「後漢子書朋興，訖魏初幾百種。然其深達理要者，辨事不過論衡，議政不過昌言，方人不過人物志。此三體差可以攀晚周，其餘雖嫺雅，悉腐談也。自新語法言申鑒中論，為辭不同，皆以庸言為故。豈夫可與酬酢，可與右神者乎？漢初儒者，與縱橫相依。逆取則飾游談，順守則主常論。游談恣肆而無法程，常論寬緩而無攻守。論道獨主清靜，求如韓非解老，已不可得，淮南鴻烈，又雜神仙辭賦之言。其後經師漸與陰陽家并，而論議益多牽制矣。漢論著者莫若鹽鐵，然觀其駁議御史大夫丞相史言此而文學賢良言彼，不相剴切。有時牽引小事，攻劫無已。則論已離宗，或有卻擊如罵，侮弄如嘲，故發言終日而不可得所凝止，其文雖博麗哉！以持論，則不中矣。董仲舒深察名號篇，略本孫卿，為己條秩。然多傅以疑似之言（原注如言王有五科。皇科，方科，匡科，黃科，往科。君有五科，元科，原科，權科，溫科，羣科。雖以聲訓，傅會過當。）惜乎劉歆七略，其六錄於漢志，而輯略俄空焉。不然，歆之謹審權量，斯有倫脊者也。今漢籍見存者，獨有王充，不循俗迹，恨其文體散雜，非可諷誦，其次獨有昌言而已。　漢世之論，自賈誼已繁穰。其次漸與辭賦同流。千言之論，略其意不過百名，法言稍有裁制，以規論語。然儒術已勿能擬孟子孫卿，而復忿疾名法。漢世獨有石渠議奏，文質相稱，語無旁溢，猶可爲論宗。」

按合觀諸家之說，漢京子書，遜於晚周者，皆依採故事敷衍爲之。近辭賦者無實，論事理者寡要，或辭麗而義少，或意新而文漫。非同周秦諸子之學足成家，文非剿說也。晉陸景自敍曰：劉向省新語而作新序，桓譚詠新序而作新論，則規撫前人之習，不但子雲之法言然矣。

尋其所由：蓋時當一統，思無二途。師弟相傳，不貴立異。一也，辭賦雲興，人習藻績，辨析之體，亦尚敷張。二也；儒風既盛，言必舂容，流波頽靡，遂成散緩。三也；好古之篤，務撫其文，迭相師祖，往而忘返。四也，逮魏之初霸，武好法術，文慕通達。

傅玄掌諫職上疏：「近者魏武好法術，而天下貴刑名。魏文慕通達，而天下賤守節。其後綱維不攝，而虛無放誕之論，盈於朝野，使天下無復淸議。」

天下之士，聞風改觀。人競自致於青雲，學不因循於前軌。於是才智美贍者，不復專以染翰爲能。尤必資夫口舌之妙，言語文章，始並重矣，建安之初，萌蘖已見。

按宋劉義慶世說新語，記後漢迄東晉韻事佳話，其書有文學言語二門。魏晉才人文言之美，記述甚備。而言語門中，如孔文舉，劉公幹，鍾毓、鍾會，邊文禮，袁奉高，皆建安時人也。

正始而後，風會遂成，鍾傅王何，爲其稱首；荀裴嵇阮，相得益彰。或據刑名爲骨幹，或託莊老爲營魄。據刑名者，以校練爲家。託莊老者，用玄遠取勝。雖宗致無殊，而偏到爲異矣。大氐此標新義，彼出攻難，既著篇章，更申酬對。苟片言賞會，則舉世稱奇，戰代游談，無其盛也。

陳壽三國志魏鍾會傳：「會有才數技藝而博學，精練名理，以夜續晝，由是獲聲譽，嘗論易無互體才性同異。及會死後，於會家得書二十篇，名曰道論，而實刑名家也。其文似會。初會與山陽王弼並知名，弼好論儒道，辭才逸辯，注易及老子。」

又傅嘏傳：「嘏常論才性同異，鍾會集而論之。」

裴松之三國志傅嘏傳注：「引傅子曰：嘏既達治好正，而有清理識要。好論才性，原本精微，尠能及之。司隸校尉鍾會年甚少，嘏以明智交會。」

裴松之三國志鍾會傳註：引何邵王弼傳曰：弼幼而察惠。年十餘，好老氏，通辯能言。父業爲尙書郎，時裴徽爲吏部郎，弼未弱冠，往造焉。徽一見而異之，問弼曰：夫無者誠萬物之所資也，然聖人莫肯致言，而老子申之無巳者，何也？弼曰：聖人體無，無又不可以訓，故不說也。老子是有者也，故恆言無所不足。（此語亦見世說新語文學篇，弼答曰：聖人體無。無又不可以訓，故言必及有。老莊未免於有，恆訓其所不足。語意較佳）尋亦爲傅嘏所知。又曰：弼天才卓出，當其所得，莫能奪也。性和理，樂游宴，解音律，善投壺。其論道，附會文辭不如何晏，自然有所拔得多晏也。頗以所長笑人，故時爲士君子所疾。弼與鍾會善，會論議以校練爲家，然每服弼之高致。何晏以爲聖人無喜怒哀樂，其論甚精，鍾會等述之，弼不同，以爲聖人茂於人者神明也，同於人者五情也。神明茂，故能體沖和以通無；五情同，故不能無哀樂以應物。然則聖人之情，應物而無累於物者也。今以其無累，便謂不復應物，失之多矣。弼注易，潁川人荀融難弼大衍義，弼答其意。弼注老子，爲之指略，致有理統，注道略論，注易往往有高麗言。太原王濟好談，病老莊，嘗云見弼易注，所悟者多。

又引孫盛雜記曰：易之爲書，窮神知化。非天下之至精，其孰能與於此？世之註解皆妄也。况弼以附會之辯，而欲籠統玄旨者乎？故其敍浮義則麗辭溢目，造陰陽則妙賾無閒。至於六爻變化，羣象所效，日時歲月，五氣相推，弼皆擯落，多所不關。雖有可觀者焉，恐將泥夫大道。

陳壽三國志魏曹爽傳：「晏少以才秀知名，好老莊言，作道德論及諸文賦，著述凡數十篇。」

劉孝標世說新語文學篇注，引孫盛魏氏春秋曰：晏少有異才，善談易老。又曰：弼論道，約美不如晏，自然出拔過之。

又引荀勗文章敍錄：晏能清言，而當時權勢天下談士多宗尚之。又曰：自儒者論以老非聖人，絕禮棄學。晏說與聖人同，著論行於世。

劉義慶世說新語文學篇：傅嘏善言虛勝，荀粲談尚玄遠。每至共語，有爭而不相喻。裴冀州釋二家之義，通彼我之懷，常使兩情相得，彼此俱暢。」

裴松之三國志魏荀彧傳注：「引何劭荀粲傳：粲諸兄並以儒術論議，而粲獨好言道，常以爲子貢稱夫子之性與天道不可得聞，然則六籍雖存，固聖人之糠粃。粲兄俁難曰．易亦云：聖人立象以盡意，繫辭焉以盡言。則微言胡爲不可得而聞見哉？粲答曰：蓋理之微者，非物象之所舉也。今稱立象以盡意，此非通於意外者也。繫辭也以盡言，此非言乎繫表者也。斯則象外之意，繫表之言，固蘊而不出矣。當時能言莫能屈。太和初，到京邑，與傅嘏談。嘏善名理而粲尚玄遠，宗致雖同，倉卒時或有格而不相得意。裴徽通彼我之懷，爲二家騎驛，頃之，粲與嘏善。」

劉孝標世說新語文學篇注：「引管輅傳曰：裴使君有高才逸度，善言玄妙。」

陳壽三國志魏王粲傳：「阮瑀子籍，才藻豔逸，而倜儻放蕩，行己寡欲，以莊周爲模則，官至步兵校尉。時又有譙郡嵇康，文辭壯麗，好言老莊，而尚奇任俠。」

晉書阮籍傳：「籍志氣宏放，尤好老莊。發言玄遠，口不臧否人物，能屬文，初不留思。作詠懷詩八十餘篇，爲世所重。著達莊論，敍無爲之貴。」

又嵇康傳：「康好老莊。著養生論，君子無私論。善談理，又能屬文。高情逸趣，率然玄遠。作聲無哀樂論，甚有條理。」

李充翰林論：「研求名理而論生焉。論貴於允理，不求支離。若嵇康之論，成文矣。」

按綜觀各條，知魏晉論宗，略有二途：鍾士季傅蘭石何平叔，出於法家者也；王輔嗣荀奉倩裴文季出於道家者也。曰校鍊，曰約美，曰附會文辭，（附會二字，見左太冲三都賦序。此賦擬議數家，傅辭會義，抑多精致。劉彥和有附會篇，釋附會之義曰：何謂附會？謂總文理，統首尾，定與奪，合涯際，彌綸一篇，使雜而不越者也。又曰；凡大體文章，類多枝派。整派者依源，理枝者循幹。是以附辭會義，務總綱領。驅萬塗　同歸，貞百慮於一致。使衆理雖繁，而無倒置之乖；羣言雖多，而無棼絲之亂。扶陽而出條，順陰而藏跡。首尾周密，表裏一體，此附會之術也。）皆法家文之美也；曰玄遠，曰高致，曰自然出拔，皆道家文之美也。故士季文名道論而實刑名家；蘭石文如難何邵考課法各篇，言皆綜覈；平叔無名論，辨析有無，語亦精鍊，而弼之持論，不與何鍾等同；粲之談理，與傅嘏不相喻。二家之有異尤著。又名理與玄遠二詞，魏晉以來題目人倫多用之者：如高逸沙門傳稱般浩能言名理，王敦別傳稱敦少有名理，鄧粲晉記稱裴遐善敍名理，晉書祖納傳稱約有名理，衞瓘傳稱瓘有名理，冀州記稱裴頠善言名理，晉書王衍傳稱衍希心玄遠，阮籍傳稱籍發言玄遠，嵇康傳稱康卒然玄遠管輅傳稱裴徽善言玄妙，其間隱然若分二派。至阮嗣宗與嵇叔夜，雖同稱好莊老而嵇生之論如難張遼叔宅無吉凶攝生論，答張遼叔釋難宅無吉凶攝生論，聲無哀樂論等文。析理周密，可稱附會辭義之文。阮生之達莊論，旨遙辭麗，而精核遜康，似嵇兼名法，阮純老莊。故李充翰林推嵇生爲論宗，而阮得全生，嵇終被禍，亦可驗二人學術也。大氐法家之學，以剖析爲長，故事必求其覈。道家之學，以綜合爲本。故理必會其通，惟覈，故精練。惟通，故玄遠。至名家之於九流，實無不資其用。法家循名以責實也，道家無名以究極也，他如儒家之正名，墨家之辨名，皆其較然者。蓋名者文字也，論理必資於文字。文字者，虛號也，虛號必有其涵義。名義是否同符，虛實是否一致。小而一事，大而萬理，皆資以明焉，故在所當析也。惟名家專務分別，其過也，於名義虛實之間，苛察繳繞，或反失眞。如公孫龍子惠施之徒之所爲，所以被譏於莊子也。

其間雖亦雜有儒家之言，然議禮制者，博明疑似，則近於刑名；談易象者，闡發幽微，則鄰於莊老。苟覈其實，固二家之所浸潤矣。

按如何晏有難蔣濟叔嫂無服論，祀五郊六宗厲殃議，王弼有易略例明彖篇，是其證也。然刑名家亦未嘗不談易，特其所談，以分析爲主。莊老家亦未嘗不論禮，特其所論，以會通爲歸。此中變化雖多，而宗主固無以易也。

斯風既扇，論題遂寬。綜其條流，則有臧否人物者焉。

按臧否人物之論，最古者：西漢則有司馬相如等荊軻論五篇，嚴尤三將論；東漢則有郭泰蘇不韋方伍員論，孔融周武王漢高祖論汝潁優劣論聖人優劣論；至魏文帝集文學諸臣，共論古代君臣而後，此風遂盛。今略列如下：（一）魏文帝周成漢昭論，漢文賈誼論，孝武論，曹植漢二祖優劣論，周成漢昭論，高貴鄉公顏子論，丁儀周成漢昭論，鍾會夏少康漢高祖論，嵇康管蔡論，何晏白起論。（二）蜀費禕甲乙論。（論曹爽司馬懿）（三）吳嚴畯管仲季路論，裴玄管仲季路論，張承管仲季路論。（四）晉張輔管仲鮑叔論，班固司馬遷論，魏武劉備論，樂毅孔明論，（以上四篇，統名名士優劣論。）李詮劉揚優劣論，范喬劉楊優劣論，伏滔青楚人物論習鑿齒青楚人物論，石崇巢許論，戴逵竹林七賢論，謝萬八賢論，范寧王弼何晏論，桓玄四皓論，殷仲堪答桓玄四皓論。

有商榷禮制者焉。

按魏王肅高堂隆，皆有議禮之文，而夏侯玄何晏蔣濟論叔嫂服制，往復答難，務析疑似，至晉代而更盛。如司馬彪傅咸吳商虞潭虞喜孫毓束皙摯虞蔡謨賀循成粲成洽王徽何琦范汪范甯范宣王彪之徐邈謝沈鄭襲干寶，宋代何承天庾蔚之裴松之雷次宗何佟之，皆精論禮。

有駁難刑法者焉，

按建安初有建議復肉刑者。故一時之論，遂用此事爲中心。如孔融丁謐夏侯玄李勝丁儀諸人，主張各異，辨難遂多。

有闡明樂理者焉，

按樂理微妙，故談玄之士亦喜論之。如嵇康有聲無哀樂論，阮籍有樂論，夏侯玄有辨樂論，劉劭亦有樂論十四篇，亦可見其略矣。

有品平文藝者焉，

按論文之風，兆於東漢之末。揚子雲桓君山王仲任，著書皆有論文之語，而蔡邕銘論，則爲單篇持論之始。其後如魏文典論，有論文之篇。摯虞輯文，有流別之論。李充之翰林，荀勗之敍錄，相繼而作。至鍾嶸詩品，劉勰文心，遂成傑構矣。

有箴砭時俗者焉，

按箴砭時俗，實諸子著書之所同。降及兩漢，其風不衰。但單篇持論，始自朱穆之崇厚絕交二論。蔡邕因之著正交論。而侯瑾之矯世，劉梁之破羣辨和同，王粲之去伐，王基之時要，魯褒之錢神，劉寔之崇讓，傅亮之演慎，劉峻之廣絕交，或泛譏當世，或指切一人，蓋亦有用之文也。

有研討天文者焉，

按科學論文，亦見端東漢而盛於晉宋。張衡之靈憲算罔，其首稱也。揚雄難蓋天八事，以通渾天。其後桓譚鄭玄蔡邕皆主張說。而難蓋天者，惟王充據蓋天之說以駁渾天，而葛洪復著論釋之。蓋論天體者古有三家：一曰蓋天，周髀舊說也。謂天圓如張蓋，地方如棋局。二曰宣夜，絕無師法。其說出漢祕書郎郗萌，謂天了無質。日月衆星，行止虛空，皆須氣焉。三曰渾天，亦前儒舊說。謂天如鳥卵。地居天中。猶殼裹黃，周旋無端，其形渾然。晉虞喜著安天論，虞聳著穹天論，姚信著昕天論，皆主宣夜說而加奇者也。姜岌著渾天論及答難渾天論，宋何承天作渾天象體論，梁祖暅作渾天論，皆主渾天說而加精者也。祖暅之論重實驗，而斥先儒虛設天地相去之數，尤有科學精神。至梁武帝之天象論，則以玄理論天，不主測度，非科學之文矣。

而辨析玄理之論，尤爲繁博。綜其大體，固不出聃周之指歸。

・按論老莊各家著者，略舉如下：（一）魏阮籍達莊論，何晏道德論，（二）晉王坦之廢莊論，戴逵放達非道論，支遁逍遙論，孫綽喻道論，李充釋莊論，江惇通道崇儉論，孫盛老莊非大賢論。

析其枝條，則或窮有無，

按此類著者，略舉如下：（一）魏何晏無名論，無爲論，聖人無喜怒哀樂論，夏侯玄本無論，王弼難何晏聖人無喜怒哀樂論。（二）晉裴頠崇有論，貴無論。

或言才性，

按此類著者，略舉如下：（一）魏鍾會四本論，阮武才性論。（二）晉袁準才性論。

或辨力命，

按此類著者如下：（一）魏李康運命論，張邈宅無吉凶攝生論，嵇康難宅無吉凶攝生論，答張遼叔難宅無吉凶攝生論。（二）晉羅含更生論，戴逵釋疑論，周續之難釋疑論，釋慧遠三報論。（按命定之說，略似佛家果報之論。故宋齊而下，又比附以佛家之說。故此二家著論，皆據佛家報應說以難戴。）

或論養生，

按此類著者如下：（一）魏阮侃攝生論，嵇康養生論，答向秀難養生論，向秀難嵇康養生論。（二）晉葛洪養生論。

或評出處，

按此類著者如下：（一）晉桓玄四皓論，殷仲堪答桓玄四皓論，謝萬八賢論，孫綽難謝萬八賢論。

或研易象，

按此類爲老莊論之旁衍，其著者如下：（一）魏鍾會易無互體論，周易盡神論，阮籍通易論，嵇康周易言不盡論。（二）晉宋岱通易論。荀顗難鍾會易無互體論，孫盛易象妙於見形論，殷浩難孫盛易象妙於見形論，紀瞻易太極論，顧榮易太極論，庾闡蓍龜論。

或敵我往復，而精義泉湧；或數家同作，而妙緒紛披。雖勝劣不同，妍蚩互見，而窮理致之玄微，極思辨之精妙。晚周而下，殆無倫比。世之徒以清談病之者，蓋猶未察夫此也。至其文體，雖難盡同。而後之論者，莫不以事義圓通，鋒穎精密，爲此體正宗。麗辭枝義，無取焉爾。

劉勰文心雕龍論說篇：「詳觀蘭石之才性，仲宣之去伐，叔夜之辨聲，太初之本元，輔嗣之兩例，平叔之二論，並師心獨見，鋒穎精密，蓋人倫之英也。原夫論之爲體，所以辨正然否，窮於有數，追及無形，鑽堅求通，鉤深取極。乃百慮之筌蹄，萬事之權衡也。故其義貴圓通，辭忌枝碎。必使心與理合，彌縫莫見其隙。辭共心密，敵人不知所乘，斯其要也。」

按魏晉論文所以獨秀前代者，蓋能一洗辭賦縱橫之習，章句煩冗之風。又復廣以騁周玄達之理。嚴以申韓綜覈之術，故能歸之於要約明暢也。雖諸家所主，不能盡同。而正名之術，在所同用。是以能者爲之，樹義則要而不煩，遣辭則周而不碎，以較過秦王命六代辨亡，以抑揚往復鋪張揚厲爲長者，迥然不同。故近世太炎章氏舉爲論家之準式焉。

宋齊而下，流風未沫。重以佛教東來，此土才士，喜其旨義幽深，頗類道家玄致，於是附會援引，辨難遂多：或以較儒道之異同優劣，按此類著者有：（一）宋謝靈運辨宗論，以儒釋二家求道階級各異，而皆不及道家得意之說，故以折衷焉。其論一出，如法勗僧維慧驎法綱慧琳王弘等，皆有往復之言。有（二）宋顧歡之夷夏論，以道釋交爭同異優劣，因著論以調和之。其要義有二。一謂道釋道同而法有左右，二謂夷夏俗異，夏人不必效夷俗。當時辨詰者彌衆。如袁粲駁夷夏論，釋慧通駁夷夏論，釋僧愍戎華論，齊明僧紹正一教論。大都許其第一義而斥其第二義。有（三）宋慧琳之白黑論（一名均善論），雖以調和三教為主旨，而論中有周孔疑而不辨，釋迦辨而不實之語，致為僧徒所排。何承天作釋難白黑論贊成之，宗炳著難白黑論駁詰之，往復甚多。大氏何揚孔者，宗主調和三家耳。

又按此事至梁代猶未已，如（一）沈約作均聖論，亦主調和，而陶弘景著論難之。意在抑佛教理，故頗指斥戒律。如（二）道士某假張融之名作三破論，以排佛教。（三）劉勰作滅惑論，以調和孔釋而抑道家。（四）僧順作釋三破論，以難張，而意又在抑佛。諸家之中，惟劉論頗得大乘教理，非餘人所及。

或以究形神之生滅變遷，

按宋宗炳著神不滅論（一名明佛論），意雖主於調和三教。而實則欲揚佛氏，以抗衡儒道。及齊范縝著神滅論。則明斥佛教因果之說以抑之。史稱其論一出，朝野諠然。時竟陵王子良精信佛學，乃集佛氏之徒共難之，一時著論者多至六十餘人。今見存弘明集及廣弘明集者，有沈約蕭琛曹思文等作。其時諸家之重視佛學，可以想見矣。

或以辨果報之有無虛實，

按宋何承天著達性論，大旨以人爲三才之一，別於衆生之倫，而斥佛教施報之說。同時顏延之著釋達性論，謂施報乃必然之符，佛教三世果報之說可信。與何氏往復重疊，皆是此意，實亦儒釋二家異同之爭也。

雖亦篇論重疊，酬答殷勤。而於時佛教初來，大乘玄文，既秘而未暢；老莊名理，又暢而將敝。於是各據影響之談，用相譬應。義不出於小乘，辭多近於纖繞，而正始遺風，亦稍衰矣。

按清談之風，起於正始，大氐棄經典而尚老莊，蔑禮法而崇放達。自此以後，迭用祖述，以爲高致。如晉書言王敦見衛玠，謂長史謝鯤曰：不意永嘉之末，復聞正始之音。又沙門支遁以清談著名於時，莫不崇敬。以爲造微之功，足參諸正始。宋書言羊玄保二子，太祖賜名曰咸曰粲。謂玄保曰：欲令卿二子有林下正始遺風。南史言王微與何偃書曰：卿少陶玄風，淹雅修暢，自是正始中人。南齊書言袁粲言於帝曰：臣觀張緒有正始遺風。南史言何尚之謂王球，正始之風尚在。其為後人追慕豔稱如此。然自渡江以來，諸賢談論，已多枝雜。觀淵明自傳，讀書不求甚解一語，其譏世之意自見言外。宋齊之際，多爭三教之異同。持論既不能深湛，而辨難至同於詆諆。如南史言，范縝著神滅論，子良集僧難之而不能屈，太原王琰乃著論譏縝曰：嗚呼！范子不知其先祖神靈所在。欲杜縝後對。縝又曰：嗚呼：王子知其先祖神靈所在，而不能殺身以從之。其險詣皆此類也。風氣之變，即此可見。逮梁武崇儒，兼好道釋。於時諸賢轉其談鋒，遂及儒家經典。如武帝召岑之敬升講座，敕朱異執孝經，唱士孝章，帝親與論難。之敬剖釋縱橫，應對如響。又簡文為太子時，出士林館，發孝經題，張譏議論往復，甚見嗟賞。其後周宏正在國子監，發周易題。譏與之論辨，宏正謂人曰：吾每登座，見張譏在席，使人懍然。又梁文使戚袞說朝聘儀，徐摛與往復，袞精采自若。又嚴植之通經學館在潮溝，講說有區段次第。每登講，五館生畢至。聽者千餘。又武帝嘗於重雲殿自講老子，徐勉舉顧越論義，趣音響若鐘，咸歎美之。又邵陵王綸講大品經，使馬樞講維摩老子，同日發題，道俗聽者二千人。王謂僧衆曰：馬學士論義，必使屈伏，不得空具主客。於是各起辨端，樞轉變無窮，論者咸服。皆其證也。惟是此風之盛，固近承魏晉清談餘習，遠紹漢儒講學遺風，實則受佛教之影響也。蓋天竺各宗分立，論辨之會，時有舉行。凡開堂升座，發題講義，以及區段次第諸端，大氐皆昉之彼土。至彼時所謂講論經學。特以爲辨論之資，互爭口舌之利而已。不足上擬漢儒，下比宋賢也。及隋平陳後，此風遂掃除無餘。固由關陝士氣厚重，不喜虛浮，而風末力微，不能自遠，實其大因也。附著其始末緣由於此。

十六　朝詩學之流變

昔孟堅志民俗，兼著其風詩。彥和論文變，必資乎時序。故知文運之升降，關乎世風矣。

按孟堅地理志，每兼著其國風詩，已見卷壹第三節論詩經所引。彥和文心雕龍有時序一篇，總論十代文學升降之故。謂文變染乎世情，興廢繫乎時序，原始以要終，雖百世可知也。

六朝詩學，其流至繁。撰厥所由，莫非時變，要而論之，得六端焉；篡奪相尋，人心搖蕩，則風會易移。一也；世尙虛玄，俗競心得，則意志解放。二也；政失綱維，絜士放失，則寄情物色。三也；佛學西來，宗風大扇，則流及詠歌。四也；加以南都佳麗，山水娛人，避世情深，則匡時意少。五也；中原板蕩，恢復難期，晏安可懷。則淫靡斯著。六也。雖規矩同巧，而方圓或乖。蘭菊齊芳，而蕭艾時見。亦詩家之壯觀矣！至其所變，亦有可言。嘗試論之：詩之爲物，根情苗言，華聲實義。四者相需，若神形焉，未可須臾離也。

白居易與元九書：「聖人感人心而天下和平。感人心者、莫先乎情，莫始乎言，莫切乎聲，莫深乎義。詩者、根情苗言，華聲實義。」

然而情有貞淫，義有邪正，言有文質，聲有俗雅。文家優劣，於焉分塗。然則六朝詩變雖繁，其消息固在此矣。蓋自建安主氣，辭貴昭晰；

按劉彥和謂建安諸子之詩。造懷指事、不求纖密之巧。驅辭逐貌，唯取昭晰之能。

蓋對彼文潘陸采縟力柔立論也。大氐魏代五言，雖已微見構結之迹，不如漢人渾厚天成。然對偶未成，用典未著，聲律未興，凡齊梁以下，雕琢字句之功，非其所重。故彥和云然也。

正始明道，義切虛玄。故曹王以風力稱雄，何晏以浮淺蒙誚。

劉勰文心雕龍明詩篇：「及正始明道，詩雜仙心。何晏之徒，率多浮淺。」

易代之際，惟嵇志清峻，而辭復壯麗，足矯正始之頹風。阮旨遙深，而文亦艷逸，上接建安之芳軌，故後世並美焉。

按文心雕龍明詩篇謂嵇志清峻，阮旨遙深。三國志魏王粲傳，稱阮才藻艷逸，嵇文辭壯麗。劉論情志，范辨體裁。合而觀之，尤能窺見二子之全體。

逮晉世尚文，而潘陸肆以繁縟。雖亦遠紹曹王，實同流而異波也。

李善文選文賦注，引臧榮緒晉書曰：陸機字士衡，與弟雲勤學。天才綺練，當時獨絕。新聲妙句，係蹤張蔡。

又籍田賦注，引臧榮緒晉書曰：潘岳字安仁，總角辯慧，摛藻清豔。

沈約宋書謝靈運傳論：「降及元康，潘陸特秀，律異班賈，體變曹王。縟旨星稠，繁文綺合。綴平臺之逸響，採南皮之高韻。遺風餘烈，事極江左。」

按觀沈論，可知潘陸之詩，固沿建安之流而加繁縟者。故既稱體變曹王，又曰採南皮之高韻也。

又按潘陸雖並稱，而時論亦有同異。世說文學篇引孫興公云：潘文爛若披錦，無處不善。陸文若排沙簡金，往往見寶。又云：潘文淺而淨，陸文深而蕪。劉注引續文章志曰：岳爲文，選言簡章，淸綺絕倫。又引文章傳曰：機善屬文，司空張華見其文章，篇篇稱善，猶譏其作文大治。謂曰：人之作文患於不才，至子爲文，乃患太多也。此皆以潘爲優者也。而仲偉詩品曰：潘岳其源出於仲宣，翰林歎其翩翩然如翔禽之有羽毛，衣服之有綃縠，猶淺於陸。謝混云：潘詩爛若舒錦，無處不佳。陸文如披沙簡金，往往見寶。嶸謂益壽輕華，故以潘勝。翰林篤論，故嘆陸爲深。余常言陸才如海，潘才如江，此皆以陸爲優者也。

于頔吳興晝公集序：「自建安中王仲宣曹子建鼓其風，晉世陸士衡潘安仁揚其波，王曹以氣勝，潘陸以文尙。氣勝者，魏祖興武功於二京已覆。文尙者，晉武圖帝業於五胡肇亂。觀其人文，興亡之迹，人焉廋哉？」

按潘陸而外，以詩名者，尚有張載孟陽，弟協景陽，弟亢季陽，陸機弟雲士龍，潘岳從子尼正叔，左思太冲。仲偉所謂三張二陸，兩潘一左，勃爾復興，踵武前王，風流未沫。亦文章之中興也。彥和亦云：晉世羣才，稍入輕綺。張潘左陸，比肩詩衢。采縟於正始，力柔於建安，或析文以爲妙，或流靡以自妍，此其大略也。又有張華茂先，彥和謂其短章奕奕清暢。謝靈運稱張公雖復千篇，猶一體也。孫楚子荊，晉書楚傳載王濟銓楚品狀，謂其天才英博。應貞吉甫，何邵敬祖，歐陽建堅石，曹攄顏遠，盧諶子諒，王讚正長。皆有詩見文選。

江左好玄，而孫許參以佛理，雖則近習潘陸，又交枝而殊本也。

鍾嶸詩品上品序：「永嘉時貴黄老，稍尚虛談。於時篇什，理過其辭，淡乎寡味。爰及江表，微波尚傳，孫綽許詢，桓庾諸公，詩皆平典，似道德論，建安風力盡矣。」

劉勰文心雕龍明詩篇：「江左篇製，溺乎玄風。嗤笑徇務之志，崇盛忘機之談。袁孫已下，雖各有雕采，而辭趣一揆，莫與爭雄。」

又詩序篇：「自中朝貴玄，江左稱盛。因談餘氣，流成文體。是以世極迍邅，而辭意夷泰。詩必柱下之指歸，賦乃漆園之義疏。」

沈約宋書謝靈運傳論：「在晉中興，玄風獨扇。爲學窮於柱下，博物止於七篇。馳騁文詞，義殫乎此。自建武暨於義熙，歷載將百。雖比響聯辭，波屬雲委，莫不寄言上德，託意玄珠。遒麗之辭，無聞焉耳。」

按世說文學篇，簡文稱許掾云：「玄度五言詩，可謂妙絕時人。」注引續晉陽秋論許詢曰：「詢有才藻，善屬文。自司馬相如王褒揚雄諸賢，世尚賦頌，皆體則風騷，傍綜百家之言。及至建安，而詩章大盛。逮乎西朝之末，潘陸之徒，雖時有質文，而宗歸不異也。正始中王弼何晏好莊老玄勝之談，而世遂貴焉。至過江佛理尤盛，故郭璞五言，始會合道家之言而韻之。詢及太原孫綽，轉相祖尚，又加以三世之辭，而詩騷之體盡矣。詢綽並爲一時文宗，自此作者悉體之，至義熙中謝混始改。據此則孫許之詩，爲時稱道如此。而鍾評非之者，簡文由旨義立言，仲偉據體裁持論，故覺有異耳。」

大氐兩晉風尙，江右以放誕爲歸，彌近嗣宗。江左用名理相尙，微同叔夜。而識者多許嵇生爲論宗，推阮公爲詩傑。

劉勰文心雕龍才略篇：「嵇康師心以遣論，阮籍使氣以命詩，殊聲而合響，異翮而同飛。」

鍾嶸詩品上品：「阮籍其源出於小雅，無雕蟲之功。而詠懷之作，可以陶性靈，發幽思。言在耳目之內，情寄八荒之表。洋洋乎會於風雅，使人忘其鄙近。自致遠大，頗多感慨之詞。厥旨淵放，歸趣難求。顏延年註解，怯言其志。」

又中品：「嵇康頗似魏文，過爲峻切。訐直露才，傷淵雅之致。然託諭清遠，良有鑒裁，亦未失高流矣。」

按李充翰林論：「以論推嵇，與彥和之言合。仲偉論詩，阮列上品，嵇居中品，而以淵放許阮，峻切評嵇。二子異同，於此可見矣。」

故亦多揚潘陸而抑許孫，斯則玄勝之語，入詩易精。校練之言，歸論爲允。文筆之域，難可強同也。

按六朝文筆之分頗清，故南史顏延之傳，載延之答帝問諸子才能曰：竣得臣筆，測得臣文。梁元帝金樓子曰：屈原宋玉枚乘長卿之徒，止於辭賦，則謂之文。至如不便爲詩如閻纂，善爲章奏如伯松。若是之流，泛謂之筆。吟詠風謠，流連哀思者，謂之文。又云：筆退則非謂成篇，進則不云取義。神其巧惠，筆端而已。至如文者，惟綺縠紛披，宮徵靡曼。脣吻遒會，情靈搖蕩。而古之文筆，今之文筆，其源又異，則分辨尤明。文心雕龍亦云：今之常言，有文有筆。以爲無韻者筆也，有韻者文也，亦有以詩筆對言者。如南史劉孝綽傳，弟孝儀工屬文詩。孝綽嘗云：三筆六詩，三即孝儀，六謂孝威。沈約傳，謂謝玄暉善爲詩，任彥昇工於筆，約兼而有之。然不能過。任昉傳，謂時人云：任筆沈詩。庾肩吾傳，簡文與湘東王書云：詩既若此，筆亦如之。又云，謝朓沈約之詩，任昉陸倕之筆是也。亦有以辭筆對言者：如南史孔珪傳，高帝取爲記室參軍，與江淹對掌辭筆。陳書岑之敬傳：之敬雅有辭筆，大氏以有藻采韻律者爲文，無藻采韻律者爲筆。其詳見阮福所爲文筆對，茲不縷述。

及劉宋纂統，顏謝騰聲，雖組練之工益精於太康，曠達之情猶規乎正始，而寄玄思於山水，運人巧出天然，殆將合二流而并新之者矣。然觀延年之雕績滿眼，豈爲之而未至者歟。

宋書謝靈運傳：「文章之美，與顏延之爲江左第一。縱橫俊發，過於延之，深密則不如也。所著文章傳於世。」

又謝靈運傳論：「爰逮宋氏，顏謝騰聲。靈運之興會標擧，延年之體裁明密。並方軌前秀，垂範後昆。」

南史顏延之傳：「延年文章冠絕當時。延之與謝靈運俱以辭采齊名，而遲速懸絕。延之嘗問鮑照己與靈運優劣，照曰：謝五言如初發芙蓉，自然可愛。君詩若鋪錦列繡，亦雕繢滿眼。斯時議者，延之靈運。自潘岳陸機之後，文士莫及。江右稱潘陸，江左稱顏謝焉。」

劉勰文心雕龍時序篇：「自宋武愛文，文帝彬雅，秉文之德，孝武多才，英采雲構。自明帝以下，文理替矣。爾其縉紳之林，霞蔚而飆起。王袁聯宗以龍章，謝顏重葉以鳳采，何范張沈之徒，亦不可勝數矣。」

又明詩篇：「宋初文詠，體有因革。莊老告退，而山水方滋。儷采百字之偶，爭價一句之奇。情必極貌以寫物，辭必窮力而追新，此近世之所競也。」

按鍾仲偉列靈運於上品，謂其源出於陳思，雜有景陽之體，故尚巧似，而逸蕩過之，頗以繁蕪為累。列顏延年於中品，謂其源出陸機，尚巧似，體裁綺密，情喻淵深，動無虛散，一句一字，皆致意焉。又喜用古事，彌見拘束。雖乖秀逸，是經綸文雅才。雅才減若人，則蹈於困躓矣。又于頔吳興晝公集序曰：「康樂侯謝靈運，獨步江南，俯視潘陸。其文炳而麗，其氣逸而暢。驅風雷於江山，變晴昏於洲渚。煙雲之慘淡，景氣爲之澄霽，信江表之文英，五言之麗則者也。三家所論皆允當，顏謝之異同，即曹陸之優劣也。至其尙巧似，工琢句，善謀篇，則固爾時風尙，故二人皆同。而顏以淵雅明密見長，謝以縱橫俊發標美，則其同中之異也。彥和謂莊老告退，蓋比皆實純主玄言者爲退耳。究之顏謝玄言，篇中尙多有也。仲偉論顏一句一字皆致意，與彥和所謂儷采百字爭價一句正同。宋齊以後詩人，多致力於此，實二家之影響也。下至唐初，其風猶未衰歇，亦可見其流波之遠矣。蓋五言一體，至此已由天機而漸入人力矣。特二家才高學富，尙能舉之耳。然延年已見拘束，况不如延年者乎，故仲偉致慨於若人也。

永明之朝，休文擅美。觀其所製，率以宮商諧協爲高。王謝和之，遺詞造句，彌見推拍。直欲陶鑄天籟，鎔範性靈。雖下開唐人律體，功施爛然，而後生競習，重貌遺神，遂令聲律之功益嚴，情性之機將錮，過亦相等矣。時賢非之，儻以此乎？

南史陸厥傳：「永明末，盛爲文章。吳興沈約，陳郡謝朓，瑯琊王融，以氣類相推。汝南周顒，善識聲韻。爲文皆用宮商，以平上去入爲四聲，以此制韻，有平頭上尾蠭腰鶴膝。五字之中，音韻悉異。兩句之內，角徵不同，不可增減。世呼爲永明體。」

又沈約傳：「約撰四聲譜，以爲在昔詞人，累千載而不悟。彼獨得胸衿，窮其妙旨，自謂入神，武帝雅不好焉。」

沈約宋書謝靈運傳論：「夫五色相宣，八音協暢。由乎玄黃律呂，各適物宜。欲使宮羽相變，低昂舛節。若前有浮聲，則後須切響。一簡之內，音韻盡殊。兩句之中，輕重悉異。妙達此旨，始可言文。至於先士茂製，諷高歷賞，子建函京之作，仲宣灞岸之篇，子荊零雨之章，正元朔風之句。並直舉胸情，非傍詩史。正以音律調韻，取高前式。自靈均以來，多歷年代。雖文體稍精，而此祕未覩。至於高言妙句，音韻天成，皆暗與理合，匪由思至。張蔡曹王，曾無先覺；潘陸顏謝，去之彌遠。世之知音者，有以得之。此言非謬。如曰不然。請待來哲。」

按觀上所引各條，齊世風尚已可概見。蓋自東漢許叔重作說文解字，形定義明。後人更進而研求音韻，自然之勢也。故孫炎著反語，李登作聲類，呂靜作韻集，已遠在魏晉之世，此固有之因緣也。而梵學西來，中土人士，漸習其文字。於是彼土諧聲之字，與此方衍形之文，互相接觸，而生影響。聲韻之學，遂以興起。此外來之影響也。但周沈以前，猶未用之爲文耳。然觀宋書謝莊傳，載王玄謨問謝莊何爲雙聲疊韻？莊答曰：玄護爲雙聲，磝碻爲疊韻。范曄自序，稱性別宮商，識淸濁，則齊代以前，文士已喜言雙聲妙解音律矣。故周沈一倡而舉世風靡。且時約居貴顯，喜獎進，文人得其稱譽者，名聲遂高。如謝脁傳，言沈約常稱之云：二百年來無此詩也。何遜傳，言沈約愛其文。嘗謂遜曰：吾每讀卿詩，一日三復，猶不能已。吳均傳，言沈約嘗見均文，頗相稱賞。王籍傳，言籍嘗於沈約坐賦詠得燭，甚爲約賞。何澄傳，言澄爲游廬山詩。沈約見之，大相稱賞，自以爲弗逮。約郊居宅新構閣齋，因命工書人題此詩於壁。劉顯傳，言顯嘗爲上朝詩，沈約見而美之。時約郊居宅新成，因命工書人題之於壁。王筠傳，言尙書令沈約，當世辭宗。每見筠文，咨嗟吟詠，以爲不逮。約於郊居宅造閣齋，筠爲草木十詠，書之於壁，皆直寫文詞，不加篇題。約謂人云，此詩指物呈形，無假題署。劉孺傳，言沈約聞其名，引爲主簿。嘗與游宴賦詩，大爲約所嗟賞。謝舉傳言舉嘗贈沈約五言詩，爲約稱賞。觀此則永明新體之成，固緣聲調諧美，爲世所好。亦半出休文獎掖之功，半由文士趨附之故也。

按約說初出，時人亦多異同。陸厥已非其此祕未覩之言，謂前英已早識宮徵，但未屈曲指的若今論耳。故可言未窮其致，不得言曾無先覺也。此猶非反對之論也。至鍾嶸著詩品，其下品序曰：昔曹劉殆文章之聖，陸謝爲體貳之才。銳精研思，千百年中，而不聞宮商之辨，四聲之論。或謂前達偶然不見，豈其然乎？嘗試言之。古曰詩頌，皆被之金竹，故非調五音，無以諧會。若置酒高堂上，明月照高樓，爲韻之首。故三祖之詞，文或不工，而韻入歌唱，此重音韻之義也，與世之言宮商異矣。今既不被管絃，亦何取於聲律耶？齊有王元長者，嘗謂余云：宮商與二儀俱生，自古詞人不知之。唯顏憲子乃云：律呂音調，而其實大謬，唯見范曄謝莊頗識之耳。常欲進知音論未就，王元長創其首。謝朓沈約揚其波，三賢或貴公子孫，幼有文辨。於是士流景慕，務爲精密。襞積細微，專相陵架。故使文多拘忌，傷其眞美。余謂文製本須諷讀，不可蹇礙。但令淸濁通流，口吻調利，斯爲足矣。至平上去入，則余病未能，蜂腰鶴膝，閭里已具。其論沈詩曰：觀休文衆製，五言最優。詳其文體，繹其餘論，固知憲章鮑明遠也。所以不閑於經綸，而長於淸怨。永明相王愛文，王元長等，皆宗附之約。於時謝朓未遒，江淹才盡，范雲名級故微，故約稱獨步。雖文不至，其工麗亦一時之選也。見重閭里，誦詠成音。嶸謂約所著既多，今翦除淫雜，收其精要，允爲中品之第矣。故當詞密於范，意淺於江也，此持反對之論者。然考南史嶸傳，稱嶸嘗求譽於沈約，約拒之。及約卒，嶸品古今詩爲評，言其優劣云云，蓋追宿憾以此報約也。今按休文之論，實五言詩形製改進之一端，未可因其不同於古人而輕之，亦未可因後之作者專講形製而廢之也。鋪觀前英所作，情思高茂，辭藻工麗，已無可加。所未盡美者，聲調平仄，猶未經意耳。休文低昂舛節之言，浮聲切響之說，深合韻文聲律宜有相間相重之美之理。故齊梁新體，下生唐代律近，後世卒莫能廢焉。至其酷裁八病，碎用四聲，雖不免拘束，然欲矯古詩五字皆平，五字皆仄之失，則亦不得不嚴。況音律之道，由疏而密。亦自然之符。未可轉以此譏休文也。特齊梁作者，大都情思不高，而體製特密，風力衰茶，而音律轉調，遂成浮豔之文。聲律之論，適揚其焰。推原其始，亦不得不歸過永明諸賢。皎然所謂後之才子，天機不高，爲沈生弊法所媚，懵然隨流，溺而不返是也。

仲偉一概斥之，亦過矣。史稱追憾報復，儻其然乎？若彥和文心雕龍聲律篇，构論聲律之理，足與休文相發。殆謂其特著此篇，取悅沈氏，則爲忘揣。要當視其持論之是非，未可概以恩怨定之也。

迨宮體既興，情思逾蕩。綺羅香澤之好，形於篇章；幃闥牀第之私，流爲吟咏。

按宮體之目，倡自梁簡文帝。自此以後，競爲側豔。不可復止。故南史帝紀論曰：簡文文明之姿，稟乎天授。粤自支庶，入居明兩。經國之算，其道弗聞。宮體之傳，且變朝野。本紀稱帝方頤豐下、須鬢如畫，直髮委地，雙眉翠色，項毛左旋。連錢入骨。手執玉如意，不相分辨。眄睞則目光燭人，讀書則十行俱下，辭藻豔發，博綜羣言，善談玄理。史述帝王之容，而柔麗纖妙如狀婦人，則其淫蕩輕豔、根於體性，從可知矣。

又按梁代諸臣，皆漸於新變之體。如南史徐摛傳、言摛幼好學，及長徧覽經史，屬文好爲新變，不拘舊體。又曰：摛文體既別，春坊盡學之。宮體之號，自斯而起。又徐陵傳曰：其文頗變舊體，緝裁巧密，多有新意。每一文出，好事者已傳寫成誦、又徐緄傳曰：特有輕豔之才，新聲巧變，人多諷習。又梁書庾肩吾傳曰：初太宗在藩，雅好文章士。時肩吾與東海徐摛，吳郡陸杲，彭城劉遵，劉孝儀，儀弟孝威，同被賞接。及居東宮，又開文德省，置學士。肩吾子信，摛子陵，吳郡張長公，北地傅弘，東海鮑至等，充其選。齊永明中，文士王融謝朓沈約，文章始用四聲，以為新變。至是轉拘聲韻，彌尚麗靡，復踰於往時。據此則當時風尚，蓋承永明之後而加靡者也。然當此體初起，一時賢達，亦有非之者。如裴子野著雕蟲論，極詆時習。其略曰：其五言為家，則蘇李自出。曹劉偉其風力，潘陸固其枝葉，爰及江左，稱彼顏謝。箴繡鞶帨，無取廟堂。宋初迄於元嘉，多為經史大明之代，實好斯文，高才逸韻，頗謝前哲。波流相尚，滋有篤焉。自是閭閻少年，貴遊總角，罔不擯落六藝，吟詠情性。學者以博依為急，謂章句為專魯。淫文破典，斐爾無功，無被於管絃，非止乎禮義。深心主卉木，遠致極風雲。其興浮，其志弱。巧而不要，隱而不深，討其宗途，亦猶宋之風也。若季子聆音，則非興國。鯉也趨室，必有不敢。荀卿有言，亂代之徵。文章匿而采斯著，豈近之乎？」其持論正大，故其所作，不尚靡麗。制多法古，與劉之遴等討論古籍，欲以矯俗。特以不長於詩，故其力未宏。觀簡文答湘東王和受試詩書，可知爾時文體，亦頗有古今文質之爭也。其略曰：比見京師文體，懦鈍殊常。競學浮疏，爭為闡緩。玄冬修夜，思所不得。既殊比興，正背風騷。

若夫六典三禮，所施則有地，吉凶嘉賓，用之則有所。未聞吟詠情性，反擬內則之篇。操筆寫志，更摹酒誥之作。遲遲春日，翻學歸藏，湛湛江水，遂同大傳。（按觀此數語，當時文筆之界頗嚴）吾既拙於爲文，不敢輕有摘摭。但以當世之作，歷方古之才人，遠則揚馬曹王，近則潘陸顏謝，而觀其遣辭用心，了不相似。若以今文爲是，則古文爲非。若昔賢可稱，則今體宜棄。俱爲盍各，則未之敢許。又時有效謝康樂裴鴻臚文者，亦頗有惑焉。何者？謝客吐言天拔，出於自然，時有不拘，是其糟粕。裴氏乃良史之才，了無篇什之美。是爲學謝則不屆其精華，但得其冗長。師裴則蔑絕其所長，惟得其所短。謝故巧不可階，裴亦質不宜慕。然簡文晚年，亦頗悔其少作。故劉肅大唐新語，稱簡文爲太子，好作豔詩，境內化之，晚年欲改作，追之不及，乃令徐陵爲玉臺集以大其體。觀孝穆玉臺新詠序，蓋欲比傳美人香草之意，以文飾其妖豔淫靡之非。是以集中雜以張衡陶潛之作，以亂觀者之目，其意甚明。劉氏之言可信也，惟此集不如昭明文選之近雅，故文選盛行於唐。而此集稱者獨少。然亦幸賴此集未亡，尚可以考見爾時風尚耳。

又按承永明之餘風者，除前舉數人爲沈休文所稱賞者外，尚有范雲彥龍，邱遲希範。詩品謂范雲婉轉清便，如流風回雪。邱遲點綴映媚，似落花依草。江淹文通，詩品謂其詩體總雜，善於摹擬。筋力於王微，成就於謝朓。任昉彥升，詩品謂少作爲詩不工，晚節愛好旣篤，文亦遒變，若銓事理。拓體淵雅，得國士之風。虞羲子陽，詩品謂其詩奇句清拔，謝朓常嗟頌之。徐悱敬業，詩皆見文選。

降及陳世，運極屯難，情尤頹放。聲色之娛，惟日不足。於是君臣賡唱，莫非哀思之音。而金陵王氣，亦黯然銷矣。

南史陳後主本紀「：副使袁彥聘隋，竊圖隋文帝狀以歸。後主見之大駭曰：吾不欲見此人。每遣間諜，隋文帝皆給衣馬禮遣以歸。後主愈驕，荒於酒色，不恤政事。左右嬖佞，珥貂者五十人，婦人美貌麗服巧態以從者千餘人。常使張貴妃孔貴人等八人夾坐，江總孔範等十人預宴，號曰狎客。先令八婦人襞采箋製五言詩，十客一時繼作。遲則罰酒，君臣酣飲，從夕達旦，以此爲常。」

又文學傳序：「有陳受命，運接亂離。雖加獎勵，而向時之風流息矣。詩云：人之云亡，邦國殄瘁。豈金陵之數，將終三百年乎？不然，何至是也。」

又江總傳：「總性寬和溫裕，尤工五言七言，溺於浮靡。及爲宮端，與太子爲長夜之飲。後主卽位，歷吏部尙書，僕射尙書令加秩。旣當權任寄，不持政務，但日與後主遊宴後庭。多爲豔詩，好事者相傳諷翫，於今不絕。唯與陳暄孔範王瑳等十餘人。當時謂之狎客。由是國政日頹，綱紀不立。有言之者，輒以罪斥之。君臣昏亂，以至於滅。」

論者謂其風肇自明遠。

南齊書文學傳後論：「今之文章，作者雖衆。總而爲論，略有三體：一則啓心閑繹，託辭華曠。雖存巧綺，終致迂回。宜登公宴，本非准的。而疏慢闡緩，膏肓之病。典正可採，酷不入情。此體之源，出靈運而成也。次則緝事比類，非對不發。博物可嘉，職成拘制。或全借古語，用申今情。崎嶇牽引，直爲偶說。唯覩事例，頓失精采。此則傅咸五經，應璩指事。雖不全似，可以類從。次則發唱驚挺，操調險急。雕藻淫豔，傾炫心魂。亦猶五色之有紅紫，八音之有鄭衞，斯鮑照之遺烈也。」

按蕭子顯此文，亦溯源之論。靈運一體，其流實長故簡文亦云：時人學謝，得其冗長，與疏慢闡緩之目正合。傅應一體，則延年希逸其流也。 虛昇元長，尤喜用故事。故鍾仲偉謂顏延謝莊尤爲繁密，於時化之。故大明泰始中，文章殆同書抄。任昉王元長等，辭不貴奇，競須新事。爾來作者，寖以成俗，遂乃句無虛語，語無虛字。拘攣補衲，蠹文已甚。蓋天才既絀，不得不以記誦爲之。故史傳所記，齊梁人士，如姚察王僧儒等傳，並稱其多用新事，人所未見。王諶劉峻等傳，並稱當時貴人，多使賓客隸事，以多爲貴。而類書之作，亦以梁代爲盛。如南史劉峻傳，安成王秀使撰類苑凡一百二十卷，武帝卽命諸學士撰華林徧略以高之。杜子偉傳，補東宮學士，與劉陟等抄撰羣書，各爲題目。庾肩吾傳同。陸罩傳，言簡文撰法寶聯璧，與羣士抄掇區分，皆其證也。此則記誦不足，又輔之以抄掇之功也。此外如雜體之詩，亦由數典之習而盛。其先孔融有離合詩，陸機有百年歌，蘇蕙有迴文詩，已兆其端。其後紛紛更作：有聯句，四時，數名，建除，四氣，郡縣名，州名，藥名，星名，四色，雙聲，大言，細言，卦名，宮殿名，姓名，屋名，車名，船名，歌曲名，針穴名，龜兆名，獸名，鳥名，樹名，草名，將軍名，四城門，五雜俎，六府，八音，六甲，十二屬，方圓動靜，顚倒用韻等目。大都文人遊戲之作，以數典爲工，別無深意，不足登大雅之堂也。至淫豔一體，齊書雖特著明遠，其源實出晉宋樂府。初爲民間男女相悅之辭，後乃漸被於士林。如休文六憶詩，亦至妖豔。明遠比之，猶爲有骨。惟其詩名不如休文之盛，鍾仲偉稱其才秀人微，致湮當代，亦良可慨也。

推原其故。儻亦道家縱逸之流弊乎？

按道家極端放誕者，有楊朱一派，其學重暫時而貴自我。流風所及，使人縱逸無檢，尤與亂世心理相合。梁陳之時，國勢日蹙，禍亂靡常，人心感之，已多頹放。加以佛家空寂之義，漸漬亦深。益覺人世變滅須臾，於是遠大之志日消，苟且之情彌著，而私欲復乘之，遂不可復制矣。梁之簡文，陳之後主，皆此類也。此亦論亂世文學者所當留意也。

若夫太沖與潘陸同稱，獨以高渾標致；

按鍾仲偉評左詩，雖有野於陸機，深於潘岳之語。又稱其源出公幹，文典以怨，頗為精切，得諷諭之致。謝康樂嘗言左太沖詩，潘安仁詩，古今難比，故後世復有以左潘並稱者，然左實勝潘。故滄浪詩評晉人舍陶淵明阮嗣宗外，惟左太沖高出一時，陸士衡猶在諸公之下。大氐太沖古意多，時習少。故能以高渾之體，勝繁縟之製，特於時尚文，人不之重耳。

劉郭當永嘉之世，同以挺拔見稱；

鍾嶸詩品上品序：「爰及江左，微波尙傳。孫綽許詢。桓庾諸公，詩皆平典，似道德論，建安風力盡矣。先是，郭景純儁用上之才，變創其體。劉越石仗淸剛之氣，贊成厥美。然彼衆我寡，未能動俗。」

按彥和謂江左篇製，辭趣一揆，莫與爭雄。所以景純仙篇，挺拔而爲儁矣。鍾評劉詩，亦云自有淸拔之氣。而元好問論詩絕句曰：「曹劉坐嘯虎生風，四海無人角兩雄。可惜幷州劉越石，不敎橫槊建安中。」二子風尙相同可知。故彥和雖專以淸拔目景純，而仲偉則有贊成厥美之論也。

殷仲文革孫許之風；謝叔源變太元之氣。

沈約宋書謝靈運傳論：「仲文始革孫許之風，叔源大變太元之氣。」

南齊書文學傳論：「江左風味，盛道家之言。郭璞舉其靈變，許詢極其名理，仲文玄風，猶未盡除，謝混情新，得名未盛。」

按合休文子顯之論觀之，殷謝詩體可知。特沈從其已變者言之，蕭由其將變者立論，似有異耳。

皆可謂逸羣之才矣。而陶公之天情高朗，雅志淵深。直將糠粃曹王，遑論潘陸？固蓋世之英傑也。然而以光祿之深交，昭明之雅好，記室之精識，舍人之博聞，或未之得知，或知之未盡，其故可思矣。

按淵明之詩，在六代爲鳳麟。然晉宋以下，知者已稀，好者尤鮮。至唐人王摩詰韋應物柳子厚杜少陵白樂天諸公，始知尊崇。以東坡之絕識高才，亦至晚歲始知好之。蓋由其意境至高，而出語平淡，非易識其旨趣也。故延年與爲深交，而其誄陶，但曰學非稱師，文取指達。昭明雅好陶集，爲之作序，猶云閑情一賦，白璧微瑕。仲偉評陶，惟曰文體省靜，殆無長語。篤意眞古，辭興婉愜。觀其列居中品，則亦知之不深。彥和博洽，而文心無一語及陶，殆爾時陶集未出，未之見也。惟今本文心明人補抄隱秀篇，有彭澤之豪逸一句。（豪逸二字，錢功甫本闕，一本補此二字。）語出後人，是證補抄之僞。

至如隋楊崛興西隅，混一區夏。高祖初政，頗厭浮華。宜可以革側豔之俗，復淳古之化矣。然而憲臺執法，屢飛霜簡；而王庭餘風，未之或變。

周書王褒庾信傳贊：「周氏創業，運屬陵夷。纂遺變於旣喪，聘奇士如弗及。是以蘇亮蘇綽盧柔唐瑾元偉李昶之徒，咸奮鱗翼，自致青紫。然綽建言，務存質樸。遂糟粕魏晉，憲章虞夏。雖屬詞有師古之美，矯枉非適時之用，故莫能常行焉。旣而革車電邁，渚宮雲撤●爾其荊衡杞梓，東南箭竹，備器用於廟堂者衆矣。唯王褒庾信，奇才秀出，牢籠於一代。是時世宗，雅詞雲委。滕趙二王，雕章間發。咸築宮虛館，有如布衣之交。由是朝廷之人，閭閻之士，莫不忘味於遺韻，眩精於末光。猶丘陵之仰嵩岱，川流之宗溟渤也。然則子山之文，發源於宋末，盛行於梁季。其體以淫放爲本，其詞以輕險爲宗。故能誇目侈於紅紫，蕩心逾於鄭衞。昔揚子雲有言：詩人之賦麗以則，詞人之賦麗以淫。若以庾氏方之，斯又詞賦之罪人也。」

隋書文學傳序：「梁自大同之後，雅道淪缺，漸乖典則，爭馳新巧。簡文湘東，啓其淫放。徐陵庾信，分路揚鑣。其意淺而繁，其文匿而彩。詞尚輕險，情多哀思。格以延陵之聽，蓋亦亡國之音乎？周氏吞幷梁荊，此風扇於關右。狂簡斐然成俗，流宕忘返，無所取裁。高祖初統萬機，每念斲彫爲樸。發號施令，咸去浮華。然時俗詞藻，猶多淫麗。故憲臺執法，屢飛霜簡。」

李諤上高祖革文華書：「降及後代，風教漸薄。魏之三祖，更尚文詞，忽君人之大道，好雕蟲之小藝。下民從上，有同影響，爭騁文華，遂成風俗。江左齊梁，其弊彌甚。貴賤賢愚，唯務吟詠。遂復遺理存異，尋虛逐微。競一韻之奇，爭一字之巧。連篇累牘，不出月露之形。積案盈箱，唯是風雲之狀。世俗以此相高，朝廷據茲擢士。祿利之路既開，愛尚之情愈篤。於是閭里童昏，貴游總丱。未窺六甲，先製五言。至如羲皇舜禹之典，伊傅周孔之說，不復關心，何嘗入耳。以傲誕爲清虛，以緣情爲勳業。指儒素爲古拙，用詞賦爲君子，故文筆日繁，其政日亂。良由棄大聖之軌模，無用以爲用也。損本逐末，流遍天壤，遞相師祖，久而愈扇。及大隋受命，聖道聿興。屏黜輕浮，遏止華僞。自非懷經抱質，志道依仁，不得引預搢紳，參廁纓冕。開皇四年，普詔天下公私文翰，並宜實錄。其年九月，泗州刺史司馬幼之，文表華豔，付所司治罪。自是公卿大臣，咸知正路。莫不鑽仰墳索，棄絕華綺，擇先王之令典，行大道於茲世。如聞外州遠縣，仍踵弊風，選吏舉人，未遵典則。宗族稱孝，鄉里歸仁，學必典謨，交不苟合，則擯落私門，不加收齒。其學不稽古，時作輕薄之篇章，結朋黨而求譽，則選充吏職，舉送天朝。蓋由縣令刺史，未行風敎、猶挾私情，不存公道。臣既忝憲司，職當糾察。若聞風即劾，恐挂網者多。請勒有司，普加搜訪。有如此者，具狀送臺。」

按李諤上書，論列當世風俗，至爲詳切。北朝宇文泰時，蘇綽已有復古之志。特其力未宏，未能易俗。隋文著令，禁革浮華，即承蘇氏之風者。然庾信自留北以後，文體亦稍變。觀其所作，大有悽愴悲涼之氣。至其音靡律調，自是沈約以後體製，未爲病也。杜少陵屢稱之：既曰淸新庾開府，又曰庾信文章老更成，知少陵得力於闇成者多也。蓋庾雖南人，而遭逢喪亂，羈留異國。身世之感，家國之痛，有以其蒼涼之情也。

重以煬帝天挺雄才，晚習驕逸，聲伎彌盛，艷曲復行。雖其詩篇，體勢軒舉，微存北土貞剛之風。而素志已荒，雅音難復。豈非運當剝復，天行猶有未至者歟？

隋書文學傳序：「煬帝初習藝文，有非輕側之論。暨乎即位，一變其風。與越公書，建東都詔，冬至受朝詩，及擬飲馬長城窟，並存雅體，歸於典制。雖意在驕淫，而詞無浮蕩。故當時綴文之士，遂得依而取正焉。所謂能言者未必能行，蓋亦君子不以人廢言也。」

按隋代詩人，有薛道衡，史稱其詩南北稱美。煬帝至忌其和泥字韻甚工，因事誅之。與薛齊名者，有李德林，盧思道。史言李稱一代俊偉，薛則時之令望，靜言揚推。盧居二子之右。南士北來者，尙有虞世基，亦復情理淒切，得於名時。大氐不出沈庾新變之體，而情意則稍復淸壯。已下開唐初風氣矣，蓋變而未純者也。

隋書文學傳序：「江左宮商發越，貴於淸綺。河朔詞義貞剛，重乎氣質。氣質則理勝其詞，淸綺則文過其意。理深者便於時用，文華者宜於詠歌。此其南北詞人得失之大較也。」

按隋書此說，於南北文學風尙，得其長短矣。蓋文學之事，固關乎時序，亦繫於方土。北土凝重，南方輕浮。影響所被，遂有此異。核而論之，北主於志，南主於文；北近建安之風，南承太康之習。雖各有工拙，而大體固莫能外於此矣。此又詩變之因乎方土者也。

夫隋文以九重之勢倡之而世莫爲，淵明以匹夫之力爲之而人弗知，後之君子，可以觀時運之力矣。

十一　南北風謠特盛及樂聲流徙之影響

風謠之興，其詩體所自昉乎？粤自謳歌．被於絲竹。士夫雅製，多擬樂章。於是周廷雅頌：咸用四言。東京詩篇，多爲五字。在昔里巷流傳之體，一轉移間，已成郞廟酬唱之用矣。

按詩體之源爲歌謠，已成文學演進之公例。故東漢以後，五言體詩，其先皆民間歌謠。及採之樂府，歌之廊廟。文人才士，習其本辭，率相擬作。擬作之辭，或以入樂，或不入樂。而不入樂者，又或沿舊題，或製新目。沿舊題者，又或述本事，或抒胸情。製新目者，亦有協律與否之異。於是有名爲樂府而實爲古詩者，樂府與古詩分之途，其故若此。用此例以推國風與雅頌體製之先後，知雅頌之體亦必沿於風詩也。

然而以曹王之雅製，潘陸之佳篇，而世稱乖調，豈非以其無詔伶人，乖於樂調乎？故知魏晉才人之作，已多同乎古詩矣。

劉勰文心雕龍樂府篇：「子建士衡，咸有佳篇。並無詔伶人，故事謝絲管。俗稱乖調，蓋未之思也。」

按彥和之論，重在辭意，故不以乖調之說爲然。時人之論，雖未詳所出。窺其用意，蓋主於聲。曹陸之作，既不協律，而亦名樂府。乖於樂調，故稱乖調也。

若夫魏晉以來，郊祀宴饗之樂，鐃歌鼓吹之章，大都因仍舊曲，別撰新辭，頌德美容，雷同一響。雖雅韻泉流，而情趣匱已。

郭茂倩樂府詩集：「兩漢已後，世有制作。武帝時，詔司馬相如等造郊祀歌詩等十九章，五郊互奏之。又作安世歌詩十七章，薦之宗廟。至明帝乃分樂爲四品：一曰大予樂，典郊廟上陵之樂。（中略）二曰雅頌樂，典六宗社稷之樂。（中略）永平三年，東平王蒼，造光武廟登歌一章，稱述功德。而郊祀同用漢歌，魏歌辭不一見，疑亦用漢辭也。（說本南齊書樂志）（中略）晉武受命，百度草創，泰始二年，詔郊廟明堂禮樂權用魏儀，遵周室肇稱殷禮之義，但使傅玄改其樂章而已（中略）。宋文帝元嘉中，南郊始設登歌，廟舞猶闕。乃詔顏延之造天地郊廟登歌之篇，大抵依仿晉曲，是則宋初又仍晉曲也。南齊梁陳，初皆沿襲，後更創制，以爲一代之典。元魏宇文，繼有朔漠。宣武以後，雅好胡曲。郊廟之樂，徒有其名。隋文平陳，始獲江左舊樂，乃調五音二舞登歌房中等十四調，賓祭用之。」

又隋書樂志曰：「漢明帝時，樂有四品。三曰黃門鼓吹，天子宴羣臣之所用也，隋志作者，則詩所謂坎坎鼓我，蹲蹲舞我者也。漢有殿中御飯食舉七曲，大樂食舉十三曲，魏有雅樂四曲，皆取周詩鹿鳴，晉荀勗以鹿鳴燕嘉賓，無取於朝，乃除鹿鳴舊歌，更作行禮詩四篇，先陳三朝朝宗之義。又爲王公上壽酒食舉樂歌詩十二篇，司歷陳頎以爲三元肇發，羣后奉璧，趨步拜起，莫非行禮，豈容別設一樂，謂之行禮。荀譏鹿鳴之失，似悟昔謬，還製四篇，復襲前軌，亦未爲得也。終宋齊以來，相承用之。梁陳三朝，樂有四十九等。其曲有相和五引，及俊雅等七曲。後魏道武初，正月上日，饗羣臣。備列宮懸正樂，奏燕吳之音，五方殊俗之曲，四時饗會亦用之。隋煬帝初，詔秘書省學士定殿前樂，工歌十四曲，終大業之世，每舉用焉。」又漢有朱鷺等二十二曲，列於鼓吹，謂之鐃歌。及魏受命，使繆襲改其十二曲，而君馬黃，雉子班，聖人出，臨高臺，遠如期，石留，務成，玄雲，黃爵，釣竿十曲，並仍舊名。是時吳亦使韋昭改二十二曲，其十曲亦因之。而魏吳歌辭存者唯十二曲，餘皆不傳。晉武受禪，命傅玄製二十二曲。而玄雲釣竿之名，不改漢舊。宋齊並用漢曲，又充庭十六曲，梁高祖乃去其四，留其十二。齊更製新歌，合四時也。北齊二十曲，皆改古名，其黃爵釣竿略而不用。後周宣帝革前代鼓吹，制爲十五曲，並述功德，受命以相代，大抵多言戰陣之事。隋志列鼓吹爲四部，唐則增爲五部。部各有曲，唯羽葆諸曲，備敍功業，如前代之制。

然則欲觀六代樂府者，厥惟南北風謠乎？梁代橫吹所部，北歌之大凡也。

舊唐書音樂志：「自漢以來，北狄樂總歸鼓吹署，魏樂府始有北歌，卽魏史所謂眞人代歌是也。代都時命掖庭宮女晨夕歌之。周隋世與西涼樂雜奏，今存者五十三章，其名可解者六章：慕容可汗，吐谷渾，部落稽，鉅鹿公主，白淨王太子，企喻也。其不可解者，咸多可汗之辭，此卽後魏世所謂簸邏迴者是也。其曲亦多可汗之辭，北虜之俗，呼主爲可汗。吐谷渾，又慕容別種，知此歌是燕魏之際鮮卑歌，其辭虜音，不可曉。梁有鉅鹿公主歌辭，似是姚萇時歌辭。華音，與北歌不同。梁樂府鼓吹又有大白淨王太子，少白淨王太子，企喻等曲，隋鼓吹有白淨王太子曲，與北歌校之，其音皆異。」

郭茂倩樂府詩集：「漢博望侯張騫入西域，傳其調於西京，唯得摩訶兜勒一曲。李延年因胡曲更造新聲二十八解，乘輿以爲武樂。後漢以給邊將，和帝時萬人將軍得用之。魏晉以來，二十八解不復具存。而世所用者，有黃鵠等十曲，其辭後亡。又有關山月等八曲，後世所加也。後魏之世，有簸邏回歌。其曲多可汗之辭，皆燕魏之際鮮卑歌辭，虜音不可曉解，蓋大角曲也。又古今樂錄，有梁鼓角橫吹曲，多敍慕容垂及姚泓時戰陣之事，其曲有企喻等三十六曲。胡吹舊曲，又有隔谷等歌三十曲，總六十六曲。未詳時用何篇也。」

又古今樂錄曰：「梁鼓角橫吹曲，有企喻，瑯琊王，鉅鹿公主，紫騮馬，黃淡思，地驅樂，雀勞利，慕容垂，隴頭流水等歌，三十六曲。二十五曲有歌有聲，十一曲有歌。是時樂府胡吹舊曲，有大白淨皇太子，小白淨皇太子，雍臺，擒臺，胡遵利叛女，淳于王，捉搦，東平劉生，單迪歷，魯爽，半和，企喻，比敦，胡度來，十四曲。三曲有歌。十一曲亡。又有隔谷，地驅樂，紫騮馬，折楊柳，幽州馬客吟，慕容家自魯企由谷，隴頭，魏高陽王樂人等歌，二十七曲。合前三曲，凡三十曲，總六十六曲。江淹橫吹賦云：奏白登之二曲，起關山之一引。採菱謝而自罷，綠水慚而不進。則白登關山又是三曲。按歌辭有木蘭一曲，不知起於何代也。」

按此六十六曲，唐志云：存五十三章。今樂府詩集惟企喻歌四首，瑯琊王歌八首，鉅鹿公主歌三首，紫騮馬歌六首，黃淡思歌四首，地驅樂歌四首，雀勞利歌一首，慕容垂歌三首，隴頭流水歌三首。九曲，三十六首。古辭均存，所謂梁鼓角橫吹也。其胡吹舊曲，惟隔谷歌一首，淳于王歌二首，地驅樂歌一首，（古今樂錄曰：與前曲不同。）東平劉生歌一首，紫騮馬歌一首，（古今樂錄曰：與前曲不同。）捉搦歌四首，折楊柳歌五首，幽州馬客吟歌五首，折楊柳枝歌四首，慕容家自魯企由谷歌一首，隴頭歌三首，高陽樂人歌二首。共十二曲，三十首。古辭存。其詩皆言北方軍旅之事，亦有男女相悅之辭，大都以剛猛豬厲，直勁古拙爲長。與江左柔媚綺麗者，如陰陽之合德焉。至云梁鼓角橫吹者，非盡出梁代。亦非採自江淮，蓋出梁代樂官所錄，故曰梁鼓角橫吹也。

又按木蘭詩者，郭云不知起於何時。宋翔鳳過庭錄，嘗著其始末。謂詩中所云可汗者，突厥啓民可汗也。天子者，隋煬帝也。木蘭之父，蓋啓民部落人，隨與其兄弟都藍可汗雍虞閭相仇殺，文帝遷之河南，在夏勝二州之間。近人李慈銘又謂木蘭非胡女。考隋書突厥傳，自文帝開皇十八年以來，中間屢助啓民出師。至煬帝大業三年，都藍可汗死，步加可汗嗣，又屢敗於隋，兵爭始息，戍兵皆歸。故有將軍百戰死，壯士十年歸之語。時雖命親王上相督師，而史言上發兵助啓民守要路，蓋征戍者乘爲啓民相壓，其後功賞亦當由啓民請之。故有可汗大點兵，及可汗問所欲等語。本啓民部落，安得云願得明駝千里足，送兒還故鄉耶？一宿再宿，不過甚言其行之火速。一日千里，豈可實計路程。且詩云當戶織，云機杼聲，豈胡中所有之事？又云：不聞耶孃喚女聲，但聞燕山胡騎鳴啾啾。正形其爲中國之女，未嘗聞胡語也。又曰：玩將軍二語，及朔氣二語。確是隋人語，已開唐音之漸。

隋氏淸樂所存，南音之總匯也。

隋書音樂志：「淸樂其始卽淸商三調是也。並漢來舊曲，樂器形制，並歌章古辭。與魏三祖所作者，皆被於史籍。屬晉朝遷播，夷羯竊據，其音分散。苻永固平張氏，始於涼州得之。宋武平關中，因而入南，不復存於內地。及平陳後獲之，高祖聽之，善其節奏。曰：此華夏正聲也。昔因永嘉，流於江外。我受天明命，今復會同。雖賞逐時遷，而古致猶在。」

郭茂倩樂府詩集：「淸商樂一曰淸樂。淸樂者，九代之遺聲，其始卽相和三調是也。並漢魏以來舊曲，其辭皆古調，及魏三祖所作。自晉朝播遷，其音分散。苻堅滅涼得之，傳於前後二秦。及宋武帝定關中，因而入南，不復存於內地。自時已後，南朝文武，號爲最盛。民俗國謠，亦世有新聲。（中略）後魏孝文討淮漢，宣武定壽春，收其聲伎，得江左所傳中原舊曲，明君、聖主、公莫、白鳩之屬，及江南吳歌，荊楚西聲，總謂之清商樂。至於殿庭饗宴，則兼奏之。遭梁陳之亂，存者蓋寡。及隋平陳得之，文帝善其節奏。曰：此華夏正聲也。乃微更損益，去其哀怨，考而補之，以新定律呂，更造樂器。因於太常置清商署以管之，謂之清樂。開皇初，始制七部樂，清商伎其一也。大業中，煬帝乃定清樂西涼等爲九部。而清樂歌曲有楊伴，舞曲有明君並契，樂器有鐘磬琴瑟擊琴琵琶箜篌筑箏節鼓笙笛簫篪塤等十五種，爲一部。唐又增吹葉而無塤。隋室喪亂，日益淪缺。唐貞觀中，用十部樂，清樂亦在焉。至武后時，猶有六十三曲。其後歌辭在者，有白雪、公莫、巴渝、明君、鳳將雛、明之君、鐸舞、白鳩、白紵、子夜、吳聲四時歌，前溪、阿子、及歡聞、團扇、懊儂、長史變、丁督護、讀曲、烏夜啼、石城、莫愁、襄陽、西烏夜飛、估客、楊伴、雅歌、驍壺、常林歡、三洲采桑：春江花月夜，玉樹後庭花，堂堂，泛龍舟等三十二曲，明之君，雅歌，各二首，四時各四首，合三十七首。又有七曲有聲無辭，上柱，鳳雛、平調、清調、瑟調、平折、命嘯，通前爲四十四曲存焉。」又晉書樂志曰：「吳歌雜曲，並出江南。東晉已來，稍有增廣，其始皆徒歌，既而被之管絃。蓋自永嘉渡江之後，下及梁陳，咸都建業。吳聲歌曲，起於此也。」又按西曲歌出於荊郢樊鄧之間，而其聲節送和，與吳歌亦異。故其方俗，而謂之西曲云。

按宋書樂志曰：相和，漢舊曲也。絲竹更相和，執節者歌。又曰：凡樂章古辭之存者，並漢世街陌謳謠，隋唐時清樂中相和舊曲尚有存者。故曰九代之遺聲也。今惟宋樂志有公莫舞鐸舞二曲，皆聲辭相雜，不可句讀。其從來甚古，其餘古辭皆亡矣。觀樂府詩集所載吳聲西曲體製，大氐短章，與北歌企喻捉搦相同，特情辭婉孌哀思異之耳。此體之興，遂下開唐人絕句樂入之風，且爲唐五代小令之遠源焉。

一則蒼涼悲壯，多存質厚之風；一則婉孌哀思，彌極妖淫之致。雖曰時運使然，抑亦方風難改也。然自永嘉喪亂，海宇分崩。樂器伶工，淪於劉石。慕容乘并，聲樂西流。宋武平秦，伶工南返。華夏舊聲，殘缺幾盡。

晉書樂志：「永嘉之亂，海內分崩。伶官樂器，皆沒於劉石。（中略）及慕容儁平冉閔兵戈之際，而鄴下樂人亦頗有來者。（中略）而王猛平鄴，慕容氏所得樂聲，又入關右。太和中破苻堅，又獲其樂工楊蜀等，閑習舊樂。」

隋書音樂志：「及王僧辯破侯景，諸樂並送荊州。經亂，工器頗闕。元帝詔有司補綴繕備。荊州陷沒，西人不知采用。工人有知音者，並入關中，隨例沒爲奴婢。」

又「宣文初禪，尚未改舊章。（中略）其後將有創革。尚樂典御祖珽，自言舊在洛下曉知舊樂。上書曰魏氏來自雲朔，肇有諸華，樂操土風，未移其俗。至道武皇帝始元年，破慕容寶於中山，獲晉樂器，不知采用，皆委棄之。」

又「開皇九年，牛弘奏曰：（中略）慕容垂破慕容永於長子，盡獲苻氏舊樂，垂息爲魏所敗。其鍾律令李佛等，將大樂細伎奔慕容德於鄴。德遷都廣固，子超嗣立，其母先沒姚興，超以太樂伎一百二十人詣興贖母。及宋武帝入關，悉收南度。」

加以中原板蕩，異族憑陵。金戈鐵馬之中，既各挾其土風而來，滅國破都之後，又輒擄其聲伎以去。

隋書音樂志：「西涼者，起苻氏之末。呂光沮渠蒙遜等，據有涼州，變龜茲聲爲之，號曰秦漢伎。魏太武既平河西得之，謂之西涼樂。」

又「龜茲者，起自呂光滅龜茲，因得其聲。呂氏亡，其樂分散。後魏平中原，復獲之。其聲後多變易。至隋有西國龜茲，齊朝龜茲，土龜茲等，凡三部。」

又「天竺者，起自張重華據有涼州。重四譯來貢男伎，天竺卽其樂焉。」

又「康國，起自周代帝娉北狄爲后。得其所獲西戎伎，因其聲。」

又「疏勒安國高麗，並起自後魏平馮氏。及通西域，因得其伎。後漸繁會其聲，以別於太樂。」

於是銅琵鐵板，與急管哀絲，交錯並作。故呂光雖有秦漢之伎，後主尤好伐北之歌。而隋朝九部之中，四裔之樂居其七，浸淫乎變夏矣。

馬端臨文獻通考樂考夷樂部：「自晉氏南遷之後，戎狄亂華。如苻氏出於氐，姚氏出於羌，皆西戎也。亦旣奄有中原，而以禮樂制度自詭。及張氏據河右，獨能得華夏之舊音。繼以呂光禿髮沮渠之屬，又皆出西戎。西戎之樂，混入華夏，自此始矣。」

隋書音樂志：「祖珽上書曰：至太武帝平河西，得沮渠蒙遜之伎。賓嘉大禮，雜用焉。此聲所興，蓋苻堅末。呂光出平西域，得胡戎之樂，因又改變，雜以秦聲，所謂秦漢樂也。」

又「陳後主嗣位，耽荒於酒，視朝之外，多在宴筵，尤重聲樂。遣宮女習北方簫鼓，故謂之代北。酒酣則奏之。」

又「隋大業中，煬帝乃定清樂西涼龜茲天竺康國疏勒安國高麗禮畢爲九部。」

按隋代九部之中，清樂乃漢魏以來舊曲。禮畢者，晉太尉庾亮伎。追思亮，因假其執翳以舞象其容，取謚以號之。每奏九部樂終列陳之，故曰禮畢。此二部爲華夏之聲。其餘七部，皆四裔之樂。而四裔樂中，尤以龜茲爲盛。舊唐書音樂志，稱龜茲之樂，聲振百里，蕩動山谷。文獻通考稱龜茲樂至隋有西國龜茲，齊朝龜茲，土龜茲等，凡三部。開皇中列於七部樂，其器大盛於閭閈。隋書音樂志，稱龜茲樂在隋世已大盛，爲當時各部樂所不及。

然統觀南北風謠，大都篇章重疊，而辭句簡少。是以陳隋君臣所擬，率多依體製辭。雖志思淫放，不足媲美前修；而斯體之興，固與凋雅漢詩，事同一例。又清樂曲辭輒有和送之聲，以助唱歎之氣，尋其飆流所自，殆亦艷趣之遺制歟。

按清樂古辭有和聲送聲之別。和聲大氐一曲既終，衆歌和聲以和之。其辭長短不定，其源出於相和曲。如江南可採蓮，古辭有魚戲蓮葉東，魚戲蓮葉西，魚戲蓮葉南，魚戲蓮葉北四句。與前不相均，卽和聲也。梁武帝采蓮曲曰：遊戲五湖采蓮歸，發花田葉芳襲衣，爲君儂歌世所希。世所希，有如玉。江南弄，采蓮曲。別有和聲曰，采蓮渚，窈窕舞佳人。又昭明太子一曲，和云：採蓮歸，淥水好沾衣是也。送聲者，亦曲終歌之，所以送曲也。其與和聲異者，歌者曲畢自歌，與衆人相和不同。又送聲多揭明曲辭本意，和聲則否。亦有送聲之前，更唱和聲者。送聲之所出，雖不可考。然觀董逃行每句之後有董逃二字，上留田曲每句之後有上留田三字，與子夜歌前以持子送，後以歡娛我送，鳳將雛以澤雉二字送，事例相同，或卽其源也。又考宋書樂志所載大曲，多稱明某句前有豔，曲後有趨，或卽和送之濫觴。惟此第伶工所習，士大夫多不究悉，故今亦不能詳其本末也。

又按清樂各曲，今樂府詩集兼載其和送之聲者。除上條所述外，尙有下列各曲：（一）烏夜啼曲。和云：夜夜望郎來，籠窗窗不開。（二）三洲曲。和云：三洲斷江口，水從窈窕河傍流。歡將樂共來，長相思。（三）襄陽蹋銅蹄曲。和云：襄陽白銅踊，聖德應乾來。（四）那呵灘曲。和云：郎去何當還。（五）楊叛兒曲。送云：叛兒，敎儂不復相思。（六）西烏夜飛曲。和云：白日落西山，還去來。送云：折翅烏，飛何處？被彈歸。以上西曲。（七）江南弄。和云：陽春路，娉婷出綺羅。又一曲云：陽春路，時使佳人度。（八）龍笛曲。和云，江南音，一唱直千金。又一曲云：江南弄，眞能下翔鳳。（九）鳳笙曲。和云：弦吹席，長袖善留客。（十）采菱曲。和云：菱歌女，解佩戲江陽。（十一）游女曲。和云：當年少，歌舞承酒笑。（十二）朝雲曲。和云：徙倚折耀華。以上江南弄。（十三）鳳臺曲。和云：上雲眞，樂萬春。（十四）桐柏曲。和云：可憐眞人游。（十五）方諸曲。和云：方諸上可憐，歡樂長相思。（十六）玉龜曲。和云：可憐游戲來。（十七）金丹曲。和云：金丹會：可憐乘白雲。以上上雲樂。

又按吳聲歌懊儂歌十四首。其十三曰：山頭草，歡少四面風，趨使儂顛倒。其十四曰：懊惱奈何許，夜聞家中論，不得儂與汝。華山畿二十五首。其三曰：夜相思，投壺不停箭，憶歡作嬌時。其七曰：啼著曙，淚落枕將浮，身沈被流去。其八，其十二，其十三，其十六，其二十，其二十二，其二十三，其二十四各首，句法均同。讀曲歌八十九首，其九曰：所歡子，蓮從胸上度，刺憶庭欲死。其十八曰：所歡子，不與他人別，啼是憶郎耳。其二十四曰：所歡子，何春花可憐，摘插裲襠裏。其餘各首，亦多同此句法者。雖未載明和送，然比例以推，疑亦和送之聲也。

至於鄭譯因龜茲琵琶立七均十二律之調，雖曾見沮當時，而後世雅俗之樂，皆其遺聲，尤爲古今音樂變遷之關鍵焉。

隋書音樂志：「開皇二年，齊黃門侍郎顏之推上言，禮崩樂壞，其來自久。今太常雅樂，並用胡聲。請馮梁國舊事，考尋古典。高祖不從曰：梁樂亡國之音，奈何遣我用耶？是時尙因周樂。命工人齊樹提檢校樂府，改換聲律，益不能通。俄而柱國沛公鄭譯奏上，請更修正。於是詔太常卿牛弘，國子祭酒辛彥之，國子博士何妥等，議正樂。然淪謬既久，音律多乖，積年議不定。（中略）又詔求知音之士，集尙書參定音樂。譯云考尋樂府鍾石律呂，皆有宮商角徵羽變宮變徵之名。七聲之內，三聲乖應。每恒求訪，終莫能通。先是，周武帝時，有龜茲人曰蘇祗婆，從突厥皇后入國，善胡琵琶。聽其所奏，一均之中，間有七聲。因而問之，答云：父在西域，稱爲知音。代相傳習，調有七種。以其七調勘校七聲，冥若合符。（一）曰婆陁力。華言平聲，卽宮聲也。（二）曰雞識。華言長聲，卽南呂聲也。（三）曰沙識。華言質直聲，卽角聲也。（四）曰沙侯加濫。華言應聲。卽變徵聲也。（五）曰沙臘。華言應和聲，卽徵聲也。（六）曰般贍。華言五聲，卽羽聲也。（七）曰俟利箑。華言斛牛聲，卽變宮聲也。譯因習而彈之，始得七聲之正。然其就此七調，又有五旦之名。旦作七調，以華言譯之。旦者，則謂均也。其聲亦應黃鍾太簇林鍾南呂姑洗五均，已外七律，更無調聲。譯遂因其所捻琵琶弦柱，相引爲均。推演其聲，更立七均，合成十二，以應十二律。律有七音，音立一調，故成七調，十二律。合八十四調。旋轉相交，盡皆和合。（中略）因作書二十餘篇，以明其指。至是譯以書宣示朝廷，立議正之。（中略）是時競爲異議，各立朋黨。是非之理，紛然淆亂。或欲令各修造，待成，擇其善者而從之。妥恐樂成，善惡易見，乃請高祖張樂試之。遂先說曰：黃鍾者以象人君之德，及奏黃鍾之調，高祖曰，滔滔和雅，甚與我心會。妥因陳用黃鍾一宮，不假餘律，高祖大悅。班賜妥等修樂者，自是譯等議寢。」

凌廷堪燕樂考原：「引遼史樂志曰。四旦二十八調。不用黍律。以琵琶弦叶之。（自注，此燕樂之關健）皆從濁至清，迭更其聲。下益濁，上益清，蓋出九部樂之龜茲部云。又曰：隋高祖詔求知音者，鄭譯得西域蘇祇婆七旦之聲，求合七音八十四調之說。由是雅俗之樂，皆此聲矣。」

又與阮伯元書曰：「蓋樂自鄭譯而後，乃一大變更，周官同律無論矣。漢以來之樂。以京房律準爲根，絲聲倍半相應，與竹不同。故荀勗笛律以絲爲竹度，而不能行。而梁武帝十二笛，仍用列和之制也。隋以來之樂，以蘇祇婆琵琶爲根，琵琶四絃七調，故爲二十八調。唐宋以來之雅樂及燕樂宮調字譜，皆琵琶之遺聲也。」

按隋代雖以南朝舊曲爲清樂，列於九部之首。而朝野所尙，皆西涼龜茲之聲，其間龜茲之樂尤盛，西涼樂亦變龜茲之聲爲之者。唐宋燕樂，其源皆出於龜茲琵琶。是爲我國音樂變遷之樞紐，其原因則西域交通，夷樂流入之影響也。

然則隋雖短祚，上比嬴秦而開今之功，亦正相埒矣。故知世運屯蹇之際，卽學術通變之時。此中盈虛消息，有若秋冬之與春夏焉，非通夫莊生成虧之論者，鮮不以名實爲喜怒也。

（附）舊唐書音樂志所載清樂曲目表

一(一)白雪　周曲　古辭亡

一(二)公莫舞　漢曲　晉宋謂之巾舞　舞用巾象項伯以衣袖隔高祖也　古辭見宋書樂志不可句讀

一(三)巴渝　漢鞞舞曲　漢高帝所作也　古辭亡

一(四)明君　漢曲　漢人憐其遠嫁爲作此歌　古辭亡

一(五)鳳將雛　漢曲　古辭亡

一(六至七)明之君二首　漢鞞舞曲　漢章帝造　梁武改其辭以歌君德　古辭亡

一(八)鐸舞　漢曲　古辭見宋書宋志聲辭雜寫不可讀

一(九)白鳩　吳拂舞曲　吳人患孫皓虐政思屬晉也　晉改本辭存

一(十)白紵　吳舞曲　古辭存見宋志

一(十一至十四)子夜吳聲四時歌四首晉曲　晉有女子夜造此聲聲過哀苦晉日常聞鬼歌之　存

一(十五)前溪　晉曲　晉車騎將軍沈玩所制也　存

一(十六)阿子及歡聞　晉曲　晉穆帝升平初歌畢輒呼阿子汝聞否後人演爲二曲存

清樂

- (十七)團扇　晉曲　晉中書令王珉作　存
- (十八)懊儂　晉曲　晉隆安初民間訛謠之曲　存
- (十九)長史變　晉曲　晉司徒左長史王廞臨敗所制也　存
- (二十)督護　晉宋間曲　存
- (二十一)讀曲　宋曲　宋人爲彭城王義康所制也　存
- (二十二)烏夜啼　宋曲　宋臨川王義慶所作也　存
- (二十三)石城　宋曲　宋臧質所作也　存
- (二十四)莫愁　宋曲　出石城曲　存
- (二十五)襄陽樂　宋曲　宋隋王誕之所作也　存
- (二十六)棲烏夜飛　宋曲　宋曲宋沈攸之所作也　存
- (二十七)估客樂　齊曲　齊武帝之製也　存
- (二十八)楊伴兒　齊曲　本童謠歌也　存

—（二十九至三十）雅歌二首　未詳所起　存

—（三十一）鐃歌　疑隋投壺樂曲　亡

—（三十二）常林歡　疑宋梁間曲　亡

—（三十三）三州歌桑　商人歌　采桑因三州曲而生　存

—（三十四）春江花月夜　陳曲　陳叔寶與宮中女學士及朝臣相和爲詩太樂令何胥采其尤艷麗者爲此曲　亡

—（三十五）玉樹後庭花　陳曲　存

—（三十六）堂堂　陳曲　亡

—（三十七）泛龍舟　隋曲　隋煬帝江都宮作存

—（三十八）上林　以下七曲有聲無辭

—（三十九）鳳雛

—（四十）平調　平調清調瑟調皆周房中曲遺聲漢世謂之三調

—（四十一）清調

（四十二）瑟調

（四十三）平折

（四十四）合嘯

舊唐書音樂志曰：江左宋梁之間，南朝文物，號爲最盛，人謠國俗，亦世有新聲。後魏孝文宣武用師淮漢，收其所獲南音，謂之淸商樂。隋平陳，因置淸商署，總謂之淸樂。遭梁陳亡亂，所存蓋鮮。隋室已來，日益淪缺。武太后之時猶有六十三曲，今其辭存者惟有白雪……等三十三曲。明之君雅歌各二首，四時歌四首。合三十七首。又七首有聲無辭，上林……合嘯。通前爲四十四曲存焉。

通典卷一百四十六、淸樂者，其始卽淸商三調是也。並漢氏以來舊曲，樂器形制並歌章古調，與魏三祖所作者備於史籍。屬晉朝遷播，夷羯竊據，其音分散。苻永固平張氏於涼州得之，宋武平關中因而入南，不復存於內地。及隋平陳後獲之，文帝聽之，善其節奏。曰：此華夏正聲也。昔因永嘉流於江外，我受天明命，今復會同。雖賞逐時遷，而古致猶在，可以此爲本，微更損益，去其哀怨者而補之。以新定呂律，更造樂器，因置淸商署，總謂之淸樂。先遭梁陳亡亂而所存蓋尠。隋室以來，日益淪缺。大唐武太后之時猶存六十三曲，今其辭存者有白雪公莫巴渝明君明之君鐸舞白鳩白紵子夜吳聲四時歌前溪阿子歌團扇歌懊儂長史變督護歌讀曲歌烏夜啼石城莫愁襄陽棲烏夜飛估客楊叛雅歌驍壺常林歡三州采桑春江花月夜玉樹後庭花堂堂泛龍舟等，共三十二曲。明之君雅歌各二首，四時歌四首，合三十七曲。（其吳聲四時歌雅歌春江花月夜未詳所起餘具前歌舞雜曲之篇）又有七曲，有聲無辭。上林鳳曲平調清調瑟調平折命嘯等，通前爲四十四曲存焉。

按通典與唐志異者，唐志有鳳將雛，通典無，見雜歌曲篇中。唐志春江花月夜陳後主時曲，通典謂未詳所起。

又按通志所載清樂與唐志異者，以子夜與吳聲四時歌分爲二曲，又以江春花月夜爲隋曲耳。

中華民國三十四年五月渝初版
中華民國三十五年五月滬一版

青年文庫

十四朝文學要略

每冊定價國幣三元四角
（外埠酌加運費匯費）

著作者　劉永濟
發行人　劉百閔
發行所　中國文化服務社
印刷所　中國文化服務社印刷廠

渝 No. 174 青 51 k 4